星《ほし》のカービィ

結成《けっせい》！ カービィハンターズＺ《ゼット》の巻《まき》

高瀬美恵《たかせみえ》・作
苅野《かりの》タウ・ぽと・絵

角川つばさ文庫

もくじ

1 ふしぎな本《ほん》…5
2 四人《にん》のカービィ!?…11
3 出《しゅつ》撃《げき》、カービィハンターズ!…38
4 黒《くろ》幕《まく》はだれだ?…60
5 気《き》球《きゅう》に乗《の》って…85

6 いざ、天空《てんくう》へ！…94

7 解決《かいけつ》！……してない!?…117

8 天空《てんくう》の大決戦《だいけっせん》！…155

9 究極《きゅうきょく》のしるし…182

10 冒険《ぼうけん》のおわり…211

キャラクター紹介《しょうかい》

カービィハンターズ

プププ王国《キングダム》に迷《まよ》いこんだ、
プププランドのカービィ。
つるぎとかぶとを装備《そうび》して
巨大《きょだい》な敵《てき》に
立《た》ち向《む》かう！

黄色《きいろ》のカービィ ハンマー

大《おお》きな鉄《てつ》ついから
強力《きょうりょく》な攻撃《こうげき》を
くりだす重戦士《じゅうせんし》。

青色《あおいろ》のカービィ ドクター

ケガを治《なお》すチカラを持《も》つ、
頭脳派《ずのうは》カービィ。

緑色《みどりいろ》のカービィ ビーム

時間《じかん》をとめる魔法《まほう》を
使《つか》える魔法使《まほうつか》い。

カービィ ソード

プププ王国《キングダム》の住人《じゅうにん》たち

メタナイト

仮面《かめん》をつけた謎《なぞ》の剣士《けんし》。
少《すこ》しキザで
かっこつけたがり。

バンダナワドルディ

街《まち》でジェムリンゴの
番人《ばんにん》をしている。
カービィの友《とも》だち。

マホロア

武器《ぶき》や防具《ぼうぐ》を
売《う》っている、
よろずやの店主《てんしゅ》。

コックカワサキ

カービィ
ハンターズが
集《あつ》まる酒場《さかば》の店主《てんしゅ》。

1 ふしぎな本《ほん》

建物《たてもの》の中《なか》はとても静《しず》かで、まばたきをする音《おと》すら聞《き》こえてしまいそうなほどだった。

いつもはにぎやかなカービィも、ワドルディも、息《いき》をひそめてしまう。

ここは、プププランド中央図書館《ちゅうおうとしょかん》。広《ひろ》い建物《たてもの》の中《なか》にいくつもの部屋《へや》があり、それぞれの部屋《へや》の壁《かべ》は本《ほん》でうめつくされている。寝《ね》る間《ま》もおしんで読《よ》み続《つづ》けたとしても、とうてい読《よ》みきれないくらい、たくさんの本《ほん》がある。

「……すごく、静《しず》かだね」

カービィはひそひそ声《ごえ》で言《い》った。

ワドルディは、カービィよりもっと小《ちい》さな声《こえ》で答《こた》えた。

「みんな、本《ほん》に熱中《ねっちゅう》してるんだよ」

「ワドルディは、どんな本《ほん》を読《よ》むの？」

「お菓子作《かしづく》りの本《ほん》を読《よ》んでみるよ。新《あたら》しいレシピを覚《おぼ》えたいんだ」

「じゃ、ぼくは、あっちの部屋《へや》に行《い》ってみるね」

カービィはワドルディと別《わか》れて、奥《おく》の部屋《へや》に進《すす》んでいった。

今日《きょう》は、毎日《まいにち》いそがしいワドルディにとって、たいせつな休日《きゅうじつ》。デデデ大王《だいおう》がドライブ旅行《りょこう》に出《で》かけているので、一日《にち》じゅう自由《じゆう》にすごせるのだ。

そこで、ワドルディはカービィをさそって図書館《としょかん》にやって来《き》た。信《しん》じられないくらいたくさん本《ほん》がある、というウワサは聞《き》いていたけれど、二人《ふたり》ともまだ訪《おとず》れたことがなかった。

せっかくの休日《きゅうじつ》。いつもはなかなか来《こ》られない場所《ばしょ》に、足《あし》をのばしてみることにしたのだった。

カービィはキョロキョロしながら、本棚《ほんだな》の並《なら》ぶ部屋《へや》を歩《ある》き回《まわ》った。あまりにも本《ほん》が多《おお》すぎて、どれを選《えら》べばいいのか、迷《まよ》ってしまう。

カービィが読《よ》んでみたいのは、ワクワクするような冒険物語《ぼうけんものがたり》。背表紙《せびょうし》をながめながら、おもしろそうなタイトルの本《ほん》を探《さが》してみた。

でも、ここに並《なら》んでいるのは、ぶ厚《あつ》くてむずかしそうな本《ほん》ばかり。

「おとなりの部屋《へや》に行《い》ってみようかな……」

カービィが、部屋《へや》を移《うつ》ろうとした時《とき》だった。

ふいに、目《め》の前《まえ》に一冊《さつ》の本《ほん》が落《お》ちてきた。

カービィはあわてて飛《と》びのいた。

それは、深《ふか》い青色《あおいろ》の表紙《ひょうし》の、古《ふる》めかしい本《ほん》だった。

カービィは、本《ほん》を元《もと》に戻《もど》そうと思《おも》って、ひろい上《あ》げた。本《ほん》はぶ厚《あつ》くて、ずっしりと重《おも》かった。

本棚《ほんだな》を見上《みあ》げてみたが、棚《たな》にはぎっしり本《ほん》が並《なら》んでいて、この本《ほん》が入《はい》りそうなすきまはない。

「……あれ？　これ、どこから落《お》ちてきたんだろう？」

カービィはきょとんとした。

本《ほん》がおさまっていたはずのスペースが、見当《みあ》たらない。それに、だれもさわっていないのに、ひとりでに本《ほん》がふってくるのも奇妙《きみょう》なことだ。

「おかしいなあ……」

カービィはふしぎに思《おも》ったが、この本《ほん》を読《よ》んでみることにした。まるで、この本《ほん》が、自《じ》分《ぶん》から飛《と》び出《だ》してきたように思《おも》えたのだ。カービィに読《よ》んでもらうために。

「おもしろい物語《ものがたり》だといいな」

カービィは重《おも》い本《ほん》をかかえて、壁際《かべぎわ》のテーブルに向《む》かった。


席《せき》について、あらためて本《ほん》をながめてみると、ますますおかしなことに気《き》づいた。

なんと、この本《ほん》には、どこにもタイトルが書《か》かれていないのだ。表紙《ひょうし》にも、背表紙《せびょうし》にも、文字《もじ》はまったくない。

「へんな本《ほん》だなあ。これじゃ、中身《なかみ》がわからないよ。ひょっとして、中《なか》もまっしろだったりして」

ぶつぶつ言《い》いながら、カービィは表紙《ひょうし》をめくってみた。

中身《なかみ》は、まっしろではなかった。大《おお》きな文字《もじ》で「序章《じょしょう》」と書《か》いてあり、続《つづ》いて次《つぎ》のような文章《ぶんしょう》がつづられていた。

「これは遥《はる》か昔《むかし》、遠《とお》い世界《せかい》の物語《ものがたり》……
あるところに、あきれかえるほど平和《へいわ》な国《くに》
プププ王国《キングダム》があった」

これを読《よ》んで、カービィはびっくり。

「プププ王国《キングダム》!?　プププランドによく似《に》てる。そんな名前《なまえ》の国《くに》が、ほんとうにあったのかなあ……？」

カービィは本《ほん》の上《うえ》に身《み》を乗《の》りだして、物語《ものがたり》の続《つづ》きを読《よ》み進《すす》めようとした。

けれど、そのとき、きわめつきのふしぎなできごとが起《お》きた。

本《ほん》に書《か》かれた文字《もじ》がページから浮《う》かび上《あ》がり、ゆらゆらと漂《ただよ》い出《だ》したのだ。

「え!?　え!?　何《なに》、これ……」

カービィは目《め》を丸《まる》くした。

ページからあふれ出《で》てくる文字《もじ》をつかまえようと手《て》をのばしたが、文字《もじ》はカービィの手《て》をすりぬけてしまう。

「わ、わ、わ。だめだよ、本《ほん》の中《なか》に戻《もど》って……」

カービィは、飛《と》び回《まわ》る文字《もじ》を追《お》ううちに、ぐるぐると目《め》が回《まわ》ってしまい――。

いつのまにか、気《き》を失《うしな》ってしまった。

2 四人《にん》のカービィ!?

カービィは、あたたかい風《かぜ》に吹《ふ》かれて、目《め》をさました。

「ん……んんん……?」

さわやかな緑《みどり》のにおいがする。カービィは目《め》をこすりながら、起《お》き上《あ》がった。

まだ、頭《あたま》がぼんやりしている。ゆっくりあたりを見回《みまわ》してみて、カービィはぱちっと目《め》を見開《みひら》いた。

そこは、ぽかぽかと日差《ひざ》しの注《そそ》ぐ、広《ひろ》い草原《そうげん》だった。

「あ、あれ? ぼく、図書館《としょかん》にいたんじゃ……」

記憶《きおく》をたどってみる。

目《め》の前《まえ》に落《お》ちてきた、一冊《さつ》のぶ厚《あつ》い本《ほん》。タイトルが書《か》かれていない、奇妙《きみょう》な本《ほん》だった。

ページをめくってみたら、そこには「プププ王国《キングダム》」という言葉《ことば》が記《しる》されていた。

おどろいて読《よ》み進《すす》めようとしたら、なんと、ページから文字《もじ》が飛《と》び出《だ》してきて、あたりに漂《ただよ》い出《だ》して……そこから先《さき》は、覚《おぼ》えていない。

「……図書館《としょかん》はどこに行《い》っちゃったの？　ぼく、なんでこんなところに……あ、そういえばあの本《ほん》は……」

カービィはまわりを探《さが》してみたが、本《ほん》はどこにも見当《みあ》たらなかった。

カービィは、困《こま》ってしまった。

「おかしなことばかりだなあ。本《ほん》はなくなっちゃうし、図書館《としょかん》は消《き》えちゃうし……ここ、どこだろう？」

とにかく、ここで考《かんが》えこんでいても、しかたがない。カービィは背伸《せの》びをして、周囲《しゅうい》に目《め》をこらしてみた。

見渡《みわた》すかぎりの草原《そうげん》に、ぽつりぽつりと大《おお》きな木《き》が生《は》えている。遠《とお》くに、ぼんやりと建物《たてもの》のようなものが見《み》えた。どうやら、街《まち》があるようだ。あそこに行《い》けば、だれかから話《はなし》を聞《き》くことができるだろう。

カービィは、街《まち》をめざして、元気《げんき》よく走《はし》り出《だ》そうとした——と、そのとき。

大木《たいぼく》のかげから、何《なに》かが飛《と》び出《だ》してきて、カービィの前《まえ》に立《た》ちはだかった。

その姿《すがた》を見《み》て、カービィは思《おも》わず大声《おおごえ》を上《あ》げた。

「ワドルディ!?　ど、どうしたの!?　なんで、そんなに大《おお》きくなっちゃったの!?」

カービィを見下《みお》ろしているのは、たしかに、ワドルディ。

いや、姿《すがた》はワドルディそのものだけれど、からだが大《おお》きすぎる。デデデ大王《だいおう》よりも大《おお》きくて、重量級《じゅうりょうきゅう》だ。

しかも、表情《ひょうじょう》が冷《つめ》たい。いつものやさしいワドルディとはかけ離《はな》れた、怒《いか》りに満《み》ちた顔《かお》をしている。

「ワ……ワドルディ……じゃない……？」

カービィはたじろいで、あとずさった。

ワドルディにそっくりな、大《おお》きな生《い》き物《もの》は、うなり声《ごえ》を上《あ》げて飛《と》びかかってきた。

「わあああ！」

カービィは、あわてて飛《と》び下《さ》がった。

いったい、この生《い》き物《もの》は何《なん》なんだろう？　ワドルディが、悪者《わるもの》によって改造《かいぞう》され、あやつられているんだろうか？　だとしたら、戦《たたか》うわけにはいかない。

巨大《きょだい》ワドルディは、カービィの迷《まよ》いにはおかまいなく、襲《おそ》いかかってきた。

カービィは逃《に》げることにした。何《なに》が何《なに》やらさっぱりわからないし、この生《い》き物《もの》とは戦《たたか》いたくない。

背《せ》を向《む》けたカービィに、巨大《きょだい》ワドルディは容赦《ようしゃ》なく攻撃《こうげき》を加《くわ》えてきた。

大《おお》きな手《て》を一振《ふ》り。カービィは激《はげ》しくひっぱたかれて、宙《ちゅう》を飛《と》んだ。

カービィは悲鳴《ひめい》を上《あ》げた。

このままでは、やられてしまう。戦《たたか》いたくはないけれど、せめて気絶《きぜつ》させて、そのすきに逃《に》げないと。

覚悟《かくご》を決《き》めたカービィが、よろよろしながら立《た》ち上《あ》がった、その瞬間《しゅんかん》。

もう一度《ど》、攻撃《こうげき》を加《くわ》えようとしていた巨大《きょだい》ワドルディが、突然動《とつぜんうご》きを止《と》めた。

それだけではない。風《かぜ》にそよいでいた草《くさ》も、あたりを飛《と》んでいたちょうちょも、みんなピタリと動《うご》かなくなってしまった。

「え……？　どうして……？」

あぜんとするカービィのもとへ、長《なが》い杖《つえ》を持《も》った生《い》き物《もの》が駆《か》けよってきた。

その顔《かお》を見《み》て、カービィはまたまたびっくり。

杖《つえ》の持《も》ち主《ぬし》は、なんと、カービィそっくり。体形《たいけい》も目《め》も口《くち》も、カービィそのものだった。

ただ、からだの色《いろ》だけがちがう。カービィはピンク色《いろ》だけれど、杖《つえ》をにぎった生《い》き物《もの》は、草《くさ》むらにまぎれてしまいそうな緑色《みどりいろ》をしていた。

「だいじょーぶ!?　あぶないところだったね！」

カービィにそっくりな緑色《みどりいろ》の生《い》き物《もの》は、キリッとした顔《かお》でカービィをのぞきこんだ。

「う……うん……えーと……」

「よかった！　ぼくが、この杖《つえ》で時間《じかん》を止《と》めたんだ。でも、効果《こうか》はあまり長《なが》く続《つづ》かないからね。今《いま》のうちに！」

「よーし、まかせて！」

もう一人《ひとり》の声《こえ》が響《ひび》いた。

これまた、カービィにそっくりな生《い》き物《もの》だった。ただし、からだの色《いろ》はレモンのようなあざやかな黄色《きいろ》。両手《りょうて》で、大《おお》きなハンマーをにぎりしめている。

「うりゃっ！」

彼《かれ》はハンマーを振《ふ》り回《まわ》し、巨大《きょだい》ワドルディをなぐりつけた。

巨大《きょだい》ワドルディは、ぴくりとも動《うご》かない。時間《じかん》を止《と》められているため、痛《いた》みを感《かん》じてすらいないようだ。

そこへ、また、もう一人《ひとり》が駆《か》けよってきた。

やっぱりカービィにそっくりで、からだの色《いろ》は青色《あおいろ》。メガネをかけ、実験道具《じっけんどうぐ》のフラス

コを持《も》っている。

「だいじょーぶ？　あ、おなかが、すりむけてる！　ちょっと待《ま》ってて」

青《あお》い生《い》き物《もの》はフラスコに何《なに》やら薬品《やくひん》を入《い》れてかき混《ま》ぜ、カービィのおなかのケガにぬりこんだ。たちまち、ケガはふさがった。

カービィは、自分《じぶん》によく似《に》た三人組《にんぐみ》を見回《みまわ》した。見《み》れば見《み》るほど、からだの色《いろ》以外《いがい》はそっくりだ。

「ありがとう……えーと、キミたちは……」

だが、話《はなし》を続《つづ》ける前《まえ》に、時間《じかん》を止《と》める魔法《まほう》の効果《こうか》が切《き》れた。

巨大《きょだい》ワドルディはうなり声《ごえ》を上《あ》げたが、三人組《にんぐみ》がサッと身《み》がまえたのを見《み》ると、身《み》ぶるいした。

とうてい、かなわないと思《おも》ったのだろう。巨大《きょだい》ワドルディはくるっと身《み》をひるがえし、ドタドタと足音《あしおと》を立《た》てて逃《に》げていった。

「待《ま》てー！」

黄色《きいろ》が追《お》いかけようとしたが、青色《あおいろ》が止《と》めた。

「放《ほう》っておけばいいよ。当分《とうぶん》は、おとなしくしてるだろうから。それより……」

青色《あおいろ》はカービィに向《む》き直《なお》った。

「キミ、すっぴんで出歩《である》くなんて、あぶないよ。街《まち》の外《そと》に出《で》るなら、ちゃんと装備《そうび》をととのえないと」

「え……えっと……ぼく……」

「とにかく、街《まち》へ行《い》こう。ここで立《た》ち話《ばなし》をしてると、さっきみたいな暴《あば》れん坊《ぼう》が襲《おそ》いかかってくるかもしれないからね」

何《なに》が起《お》きているんだか、カービィにはさっぱりわからなかったけれど、この三人組《にんぐみ》は悪《わる》いやつらではなさそうだ。なんといったって、カービィにそっくりなんだし。

カービィは三人組《にんぐみ》といっしょに、街《まち》へ向《む》かった。


街《まち》は、なかなかのにぎわいだった。

ゲートをくぐるとすぐに広場《ひろば》があり、そのまわりに、小《こ》ぎれいな建物《たてもの》がたくさん並《なら》んでいる。

おおぜいの生《い》き物《もの》が、早足《はやあし》で歩《ある》いたり、のんびりとベンチに腰《こし》かけたり、ぺちゃくちゃと立《た》ち話《ばなし》をしたりしていた。

広場《ひろば》の真《ま》ん中《なか》に、大《おお》きな木《き》が生《は》えているのが目《め》についた。青々《あおあお》としたリンゴがすずなりになっている。

カービィは、リンゴが大好物《だいこうぶつ》。リンゴを目《め》にしたとたん、すべての心配《しんぱい》ごとが吹《ふ》っ飛《と》んでしまった。

「わあ、おいしそうなリンゴ！　いただきまーす！」

駆《か》けよって、大《おお》きく口《くち》を開《あ》け、リンゴを吸《す》いこもうとした時《とき》だった。

「あー、ダメダメ！　まだ収穫《しゅうかく》の時《とき》じゃないよ！」

大声《おおごえ》で止《と》められた。

カービィの前《まえ》に立《た》ちはだかって両手《りょうて》を広《ひろ》げているのは……。

「あ……ワドルディ……!?」

カービィは一瞬《いっしゅん》、立《た》ちつくしてしまった。さっき襲《おそ》いかかってきた、巨大《きょだい》ワドルディの冷《つめ》たい顔《かお》を思《おも》い出《だ》した。

でも、このワドルディは大《おお》きくない。カービィがよく知《し》っている、いつものワドルディだ。表情《ひょうじょう》も、いつものとおり、やさしい。

ただ、頭《あたま》におしゃれなバンダナを巻《ま》いているところだけが、ふだんのワドルディとのちがいだった。

バンダナワドルディは、カービィに注意《ちゅうい》した。

「あと二時間《じかん》くらい待《ま》っててね。そうしたら、収穫《しゅうかく》できるから」

バンダナワドルディは、リンゴの木《き》を囲《かこ》んでいる石垣《いしがき》の上《うえ》に座《すわ》り直《なお》した。

カービィは、バンダナワドルディの顔《かお》をじーっと見《み》つめた。

視線《しせん》に気《き》づいたバンダナワドルディは、ふしぎそうにたずねた。

「どうかしたの？　キミ、この街《まち》は初《はじ》めて？」

「うん……」

「見《み》かけない顔《かお》だもんね。キミもハンター志望《しぼう》なの？」

「え……えっと……えっと……」

とまどっているカービィにかわって、三人組《にんぐみ》が口々《くちぐち》に説明《せつめい》した。

「この子《こ》、草原《そうげん》で暴《あば》れん坊《ぼう》に襲《おそ》われてたんだ」

「そこを、ぼくたちが助《たす》けたってわけ」

「まだ、冒険《ぼうけん》に慣《な》れてないみたいでね。これから酒場《さかば》へ行《い》って、いろいろ教《おし》えてあげようと思《おも》ってるんだ」

「ふーん、そうか。新入《しんい》りさんなんだね」

バンダナワドルディは、にこにこして、カービィに手《て》を振《ふ》った。

「じゃ、先輩《せんぱい》たちにいろいろ聞《き》くといいよ。二時間後《じかんご》に、もう一度《ど》おいでよ。ジェムリンゴを分《わ》けてあげるから」

「ジェムリンゴって?」

問《と》い返《かえ》したカービィの手《て》を、緑色《みどりいろ》が引《ひ》っぱった。

「ジェムリンゴも知《し》らないの? ほんとに初心者《しょしんしゃ》なんだね。全部説明《ぜんぶせつめい》してあげるから、こっちへおいでよ」

カービィは三人組《にんぐみ》に連《つ》れられて、歩《ある》き出《だ》した。

彼《かれ》らが向《む》かったのは、広場《ひろば》の一角《いっかく》にある店《みせ》だった。レンガの壁《かべ》に、「コックカワサキの酒場《さかば》」という看板《かんばん》がかかげられていた。

「コックカワサキ! コックカワサキも、この世界《せかい》にいるんだ……」

カービィはつぶやいた。

三人組《にんぐみ》はドアを開《あ》けて、店内《てんない》に入《はい》っていった。

店《みせ》の中《なか》はうす暗《ぐら》く、ガランとしていた。長《なが》いカウンター席《せき》と、四人《にん》がけのテーブル席《せき》があり、カウンターの奥《おく》に店主《てんしゅ》のコックカワサキがいた。

カウンター席《せき》のいちばん端《はし》には客《きゃく》が一人腰《ひとりこし》かけているが、顔《かお》をそむけているので、どんな客《きゃく》なのかはよくわからない。

　コックカワサキは一行《いっこう》を見《み》ると、「いらっしゃい」と声《こえ》をかけてきた。カービィたちは四人《にん》がけのテーブル席《せき》に座《すわ》った。

「おやじ、いつもの」

　青色《あおいろ》が、気取《きど》って言《い》った。

　コックカワサキは、愛想《あいそ》よくうなずいた。

「はいはい、ブルーベリージュースね。後《あと》の二人《ふたり》は、レモンソーダとグリーンスムージーだっけ。あれ、キミは見《み》なれない顔《かお》だね」

　キミと言《い》われたのは、もちろんカービィだ。

　カービィは、店《みせ》に入《はい》った時《とき》からずっと、コックカワサキを見《み》つめていた。

　姿《すがた》かたちは、カービィがよく知《し》っているコ

ックカワサキそのままだ。口調《くちょう》や態度《たいど》も、特《とく》に変《か》わったところはない。ただ、カービィを見《み》ても、だれだかわからないらしい。

「キミも何《なに》か注文《ちゅうもん》しなよ。この店《みせ》のメニューは、どれもおいしいよ」

黄色《きいろ》に勧《すす》められて、カービィはわれに返《かえ》った。

「んーと、じゃあ、いちごミルク」

「はい、いちごミルクが一つ、と……」

「あと、ドーナツ。それから、みそラーメンとハンバーグ。マカロニグラタンと、ミートソーススパゲッティと、カレーライスと、エビピラフと、あと……」

「ちょ、ちょっと待《ま》って。すごい食欲《しょくよく》だね。さすが、カービィ」

コックカワサキは急《いそ》いでメモを取《と》りながらつぶやいた。

カービィは、ハッとした。

「ぼくのこと、知《し》ってるの!?」

「え？　いや、初対面《しょたいめん》だと思《おも》うけど……？」

「でも、今《いま》、『さすが、カービィ』って言《い》ったでしょ。ぼくがカービィだって、わかったんだよね？」

　これを聞《き》いて、コックカワサキは笑《わら》いだした。

「そりゃ、見《み》ればわかるよ。四人《にん》とも、そっくりじゃないか。キミはピンク・カービィだろ？」

「え……ええ……？　どういう意味《いみ》……？」

　緑色《みどりいろ》が苦笑《くしょう》した。

「この子《こ》、なんにもわかってないんだ。ピカピカの初心者《しょしんしゃ》なんだよ。これから、ぼくらが説明《せつめい》するから」

　青色《あおいろ》が、片手《かたて》を上《あ》げて言《い》った。

「おっと、おやじ、オーダーを追加《ついか》だ。この子《こ》の注文《ちゅうもん》を聞《き》いたら、ぼくも、おなかがすいてきちゃった。さっきの注文《ちゅうもん》、全部《ぜんぶ》四人前《にんまえ》ずつ持《も》ってきてくれ」

　コックカワサキは、困《こま》ったように言《い》った。

「でも、キミたちカービィ・トリオは、さっき冒険《ぼうけん》に出《で》かける前《まえ》にさんざん食《た》べまくったじゃないか」

「動《うご》き回《まわ》ったから、またおなかがすいたんだ。とにかく、追加《ついか》、追加《ついか》！」

「はいはい」

コックカワサキは、カウンターの奥《おく》へ引《ひ》っこんだ。

と、カウンターの端《はし》に座《すわ》っていた客《きゃく》が、ふっと笑《わら》ってつぶやいた。

「カービィがまた一人増《ひとりふ》えた、か。プププ王国《キングダム》の食料危機《しょくりょうきき》は近《ちか》いな」

その声《こえ》を聞《き》いてカービィは飛《と》び上《あ》がりそうになった。

「メタナイト〜!?　その声《こえ》、メタナイトでしょ！」

「……なに？」

客《きゃく》は、ふしんそうに振《ふ》り向《む》いた。

顔《かお》をおおう仮面《かめん》、からだをつつむマント、そして腰《こし》に帯《お》びた宝剣《ほうけん》ギャラクシア。

どこから見《み》ても、カービィがよく知《し》っているメタナイトそのものだ。

「キミは私《わたし》を知《し》っているのか。困《こま》ったことだ。あまり有名《ゆうめい》にはなりたくないのだが」

「何言《なにい》ってるの！　ぼくだよ、カービィだよ！」

「それは、見《み》ればわかるさ。その顔《かお》と、からだの丸《まる》さは、まさにカービィだからな。ピンクのカービィを見《み》るのは初《はじ》めてだが」

「どういう意味《いみ》!? ぼく、いつでもピンクだよ〜！」

メタナイトに駆《か》けよろうとしたカービィを、黄色《きいろ》が引《ひ》き止《と》めた。

「おちつけって。ぼくらが説明《せつめい》してあげるから。その前《まえ》に、まずは自己紹介《じこしょうかい》だね」

黄色《きいろ》は、声《こえ》をあらためて続《つづ》けた。

「ぼくは、カービィ。ごらんのとおり、ハンマーを武器《ぶき》とする重戦士《じゅうせんし》だよ。よろしくね」

「カービィ……ぼくと、おんなじ名前《なまえ》だ……」

思《おも》わずつぶやいたカービィに、笑顔《えがお》を向《む》けたのは、緑色《みどりいろ》。

「ぼくはカービィ。この杖《つえ》で時間《じかん》を止《と》めることができる、魔法使《まほうつか》いなんだ。ぼくのチカラは、さっきの戦《たたか》いでよくわかったでしょ」

「う、うん。キミもカービィっていうの……？」

「もちろん！」

魔法使《まほうつか》いのカービィは、笑顔《えがお》でうなずいた。

最後《さいご》に名乗《なの》ったのは、青色《あおいろ》だ。

「ぼくはカービィ。ドクターなんだ。攻撃《こうげき》は得意《とくい》じゃないけど、みんなのケガを治《なお》すチカラを持《も》ってるよ」

「ちょっと待《ま》って、ちょっと待《ま》って」

カービィは、すっかり頭《あたま》がこんがらがってしまい、手《て》をバタバタさせながら言《い》った。

「みんな、カービィっていう名前《なまえ》なの？」

「そうだよ、もちろん」

と、三人《にん》。

「ぼくもカービィなんだけど！」

「見《み》ればわかるよ」

「どういうこと？　ぼくら、顔《かお》も名前《なまえ》もおんなじなの……？」

「そりゃ、そうだよ。だって、みんなカービィだもん」

三人《にん》のカービィたちは、特《とく》にふしぎには思《おも》っていないらしい。

彼《かれ》らののんきそうな顔《かお》を見《み》ていたら、カービィの気持《きも》ちも少《すこ》しずつおちついてきた。

どうやら、この世界《せかい》には、カービィの他《ほか》にもたくさんのカービィがいるらしい。からだの色《いろ》はちがっても、みんな食《く》いしん坊《ぼう》で、のんき。つまり、カービィにそっくり。

……深《ふか》く考《かんが》えても、しょうがない。そういうものなんだと思《おも》えば、すっきりした。

そこで、カービィも三人《にん》に続《つづ》いて自己紹介《じこしょうかい》をした。

「ぼくはカービィ。図書館《としょかん》で本《ほん》を読《よ》んでいたんだけど、気《き》がついたら草原《そうげん》にいたんだ」

「ふうん。そそっかしいんだね、キミ」

「しかたないね、カービィだもんね」

カービィたちは笑《わら》った。

青色《あおいろ》が言《い》った。

「何《なに》もわかってないみたいだから、ぼくが説明《せつめい》してあげよう。まずは、この街《まち》のことから。ここはプププ王国《キングダム》の中心《ちゅうしん》で、たくさんの旅人《たびびと》やハンターが集《あつ》まる街《まち》だよ」

「プププ王国《キングダム》……」

カービィは、図書館《としょかん》で読《よ》んでいた本《ほん》に、その国名《こくめい》が書《か》いてあったことを思《おも》い出《だ》した。

ということは……。

「ぼく、本《ほん》の中《なか》の世界《せかい》に入《はい》りこんじゃったんだ……！」

信《しん》じられないことだけれど、そう考《かんが》えるしかない。本《ほん》のページから文字《もじ》が漂《ただよ》い出《だ》したあの瞬間《しゅんかん》、カービィは本《ほん》の世界《せかい》にとらわれてしまったのだ。

「どうしよう……どうすれば、元《もと》の世界《せかい》に戻《もど》れるんだろう……」

「初心者《しょしんしゃ》のカービィ？　何《なに》をぶつぶつ言《い》ってるの」

「あ、ううん、なんでもない」

本《ほん》の外《そと》から来《き》ました、なんて話《はな》しても、わかってもらえるとは思《おも》えない。今《いま》はまだ、かくしておくことにして、カービィはだまりこんだ。

青色《あおいろ》が説明《せつめい》を続《つづ》ける。

「もともと、プププ王国《キングダム》は、とても平和《へいわ》な国《くに》だったんだ。でも、最近《さいきん》になって、不穏《ふおん》なできごとが起《お》きるようになった」

三人《にん》のカービィたちは、深刻《しんこく》な顔《かお》になった。

「さっき、キミを襲《おそ》った暴《あば》れん坊《ぼう》がいただろう。あいつはグラン・ワドルディっていうんだ。ふつうのワドルディより大《おお》きいけど、気《き》はやさしかったんだよ……以前《いぜん》はね」

黄色《きいろ》がうなずいて、続《つづ》けた。

「でも、ある日突然暴《ひとつぜんあば》れ始《はじ》めたんだ。草原《そうげん》を通《とお》る旅人《たびびと》を、見《み》さかいなく襲《おそ》うようになっちゃった」

「どうして……」

「わからない。話《はなし》が通《つう》じないんだ」

「グラン・ワドルディだけじゃない。これまで気《き》のいい友《とも》だちだった連中《れんちゅう》が、次々《つぎつぎ》におかしくなっていった。ミスター・フロスティ、キングスドゥ、ザンキブル……」

「放《ほう》ってはおけない。そこで、腕《うで》に自信《じしん》のある者《もの》がハンターになって、暴《あば》れん坊《ぼう》たちを取《と》りしまることにしたんだよ」

「ハンター……？」

「暴《あば》れん坊《ぼう》と戦《たたか》う戦士《せんし》を、そう呼《よ》ぶんだ。ぼくらもハンターなんだよ」

「ねえ、初心者《しょしんしゃ》のカービィ」

緑色《みどりいろ》が、テーブルの上《うえ》に身《み》を乗《の》り出《だ》した。

「さっきから考《かんが》えてたんだけど。キミ、ぼくらの仲間《なかま》にならない？」

「え？」

「ぼくら三人《にん》だけじゃ、攻撃力《こうげきりょく》が足《た》りないんだ。攻撃担当《こうげきたんとう》が、重戦士《じゅうせんし》だけだから」

黄色《きいろ》が、うなずいた。

「ぼくのハンマーは破壊力《はかいりょく》ばつぐんだけど、動《うご》きがおそい。敵《てき》にすきを突《つ》かれないように、すばやく動《うご》ける戦力《せんりょく》がほしいんだ」

「身軽《みがる》な剣士《けんし》がいればなあ……って、いつも話《はな》し合《あ》ってたんだよ」

三人《にん》は、メタナイトのほうを見《み》た。

メタナイトはこちらに背《せ》を向《む》けて、ココアを飲《の》んでいる。

緑色《みどりいろ》が、ひそひそ声《ごえ》でささやいた。

「メタナイトさんをスカウトしてみたんだけど、ことわられちゃったんだ」

「あのひと、かっこつけたがりだから。仲間《なかま》といっしょに戦《たたか》うのはイヤなんだって。『私《わたし》は孤独《こどく》を愛《あい》する剣士《けんし》だ』なんて言《い》っちゃってさ」

「でも、いつもここでココアを飲《の》んでるだけなんだよ」

メタナイトがせきばらいをしたので、三人《にん》は口《くち》をおさえた。

「そういうわけで、キミが剣士《けんし》として加入《かにゅう》してくれたら、助《たす》かるんだけどなあ」

「うん、いいよ！」

カービィはあっさりうなずいた。

自分《じぶん》と顔《かお》も名前《なまえ》も同《おな》じ、カービィたちの頼《たの》みなら、聞《き》いてあげなければ。それに、暴《あば》れん坊《ぼう》がみんなを困《こま》らせているなら、なんとかしたい。

カービィたちはよろこんだ。

「そう言《い》ってくれると思《おも》ったよ、初心者《しょしんしゃ》のカービィ」

「じゃ、さっそく装備《そうび》を買《か》いに行《い》こう」

立《た》ち上《あ》がりかけた黄色《きいろ》を、青色《あおいろ》が止《と》めた。

「待《ま》って。その前《まえ》に、結団式《けつだんしき》をしよう」

「けつだんしき……？」

「ぼくら四人《にん》のパーティが誕生《たんじょう》したお祝《いわ》いだよ。みんなで、友情《ゆうじょう》をちかおう」

「うん！」

カービィたちは、はりきってうなずき、こぶしを突《つ》き上《あ》げた。

「ぼくはカービィ！」

「ぼくはカービィ！」

「ぼくはカービィ！」

「ぼくはカービィ！」

「四人《にん》そろって……」

ポーズを決《き》めようとしたところへ、コックカワサキが料理《りょうり》や飲《の》み物《もの》を運《はこ》んできた。

お皿《さら》をテーブルの上《うえ》に並《なら》べながら、コックカワサキは言《い》った。

「みんな同《おな》じ名前《なまえ》じゃ、不便《ふべん》じゃないかい？　戦《たたか》う時《とき》にさ、『カービィ、ここはまかせる』『わかった、カービィ、左側《ひだりがわ》をたのむ』なんてやっていたら、自分《じぶん》が何《なに》をすればいいのか、わからなくなっちゃうよ」

「あ、言《い》われてみれば、そうだね」

カービィたちは顔《かお》を見合《みあ》わせた。

「どうしよう」

「呼《よ》び名《な》をつければいいんじゃないかな」

コックカワサキが提案《ていあん》した。

「キミたち、色《いろ》ちがいなんだからさ。『青《あお》』『黄《き》』『緑《みどり》』『ピンク』でいいじゃない。わかりやすいよ」

「うーん……」

カービィたちは顔《かお》をしかめた。みんな、考《かんが》えていることはいっしょ。

「イヤだよね」

「うん。なんだか、かっこ悪《わる》い」

「もっとハンターっぽい、かっこいい名前《なまえ》がいいよ」

「こういうのはどうかな！」

カービィは、思《おも》いついたことを口《くち》にした。

「自分《じぶん》の武器《ぶき》や役割《やくわり》を呼《よ》び名《な》にするんだ。『ハンマー』『ビーム』『ドクター』……ぼくは、えーと、剣士《けんし》だから『ソード』だね」

「いい考《かんが》え！　さすが、カービィ！」

カービィたちは、やんややんやと手《て》をたたいた。

「かっこいいよ。ぼく、『青《あお》』なんて呼《よ》ばれるより、『ドクター』のほうがずっといい」

「ぼくも、ハンマーって呼《よ》び名《な》、気《き》に入《い》ったよ」

「ぼくはビームか。よし、決《き》まりだね」

カービィたちの顔《かお》がかがやいた。

四人《にん》は、飲《の》み物《もの》の入《はい》ったグラスをかかげた。

「ぼくはハンマー！」

「ぼくはビーム！」

「ぼくはドクター！」

「ぼくはソード！」

「四人《にん》そろって……」

力強《ちからづよ》く声《こえ》をそろえて、四人《にん》は叫《さけ》んだ。

「**カービィハンターズ！**」

3 出撃《しゅつげき》、カービィハンターズ！

「この街《まち》で、買《か》い物《もの》をしたり、食事《しょくじ》をしたり、宿屋《やどや》に泊《と》まったりするためには、ジェムリンゴが必要《ひつよう》なんだよ」

コックカワサキの酒場《さかば》を出《で》ると、ドクターが言《い》った。

「さっき、バンダナワドルディが番《ばん》をしてただろう。あれがジェムリンゴの木《き》。収穫《しゅうかく》の時間《かん》がくると、決《き》まった数《かず》だけ分《わ》けてくれるよ」

「そろそろ収穫《しゅうかく》できるはずだから、行《い》ってみよう」

カービィたちは、バンダナワドルディのもとへ向《む》かった。

バンダナワドルディは、カービィたちを見《み》ると、大《おお》きく手《て》を振《ふ》った。

「あ、来《き》た来《き》た。ジェムリンゴ、たっぷり収穫《しゅうかく》できるよ！」

さっき見《み》た時《とき》は青々《あおあお》としていたリンゴの実《み》が、まっかにそまっている。その美《うつく》しさに、カービィはうっとりした。

「きれいだろう？　宝石《ほうせき》みたいに美《うつく》しいから、宝石《ジェム》リンゴって言《い》われてるんだよ」

ドクターが説明《せつめい》した。

バンダナワドルディは身軽《みがる》に木《き》によじ登《のぼ》ってジェムリンゴをもぎ、カービィに渡《わた》してくれた。まっかなジェムリンゴが、かごに山盛《やまも》りだ。

ビームが言《い》った。

「ジェムリンゴの使《つか》い方《かた》を教《おし》えてあげる。さっそく、よろずやに行《い》って、装備《そうび》を買《か》おう」

「よろずや？」

「武器《ぶき》や防具《ぼうぐ》を売《う》ってるお店《みせ》だよ。その他《ほか》にも、戦《たたか》いに役立《やくだ》つものをいろいろ売《う》ってる」

「えーと……」

カービィは、さっきから疑問《ぎもん》に思《おも》っていたことを口《くち》にした。

「装備《そうび》を買《か》うって、どういうこと？　ぼく、武器《ぶき》も防具《ぼうぐ》も買《か》ったことないんだけど……」

「なんだって！」

カービィたちは目《め》を丸《まる》くした。

「装備《そうび》を身《み》につけたことがないの？　キミ、ほんっとーに初心者《しょしんしゃ》なんだね」

「だいじょーぶかなあ？　戦《たたか》えるのかなあ？」

「戦《たたか》ったことはあるよ！」

三人《にん》から心配《しんぱい》そうな目《め》で見《み》られて、カービィはピョンと跳《と》びはねた。

「装備《そうび》なんて必要《ひつよう》ないんだ。コピー能力《のうりょく》があるから」

「こぴーのーりょく？　それ、何《なに》？」

「キミたち、カービィでしょ？　だったら、コピー能力《のうりょく》を使《つか》えるでしょ？」

「知《し》らないなあ。なんのこと？」

三人《にん》のカービィたちは、意味《いみ》がわからないらしい。

カービィには、特別《とくべつ》なチカラがそなわっている。大《おお》きく口《くち》を開《あ》けて敵《てき》を吸《す》いこめば、相《あい》手《て》が持《も》っている特殊能力《とくしゅのうりょく》をコピーすることができるのだ。

だから、これまでに武器《ぶき》や防具《ぼうぐ》を必要《ひつよう》としたことがない。相手《あいて》を吸《す》いこむだけで、チカラも装備《そうび》も手《て》に入《はい》るからだ。

「んーとね……コピー能力《のうりょく》っていうのは……」

カービィはあたりを見回《みまわ》し、たまたま広場《ひろば》のベンチでくつろいでいたバーニンレオに目《め》をつけた。

「やっほー。ちょっとだけ、協力《きょうりょく》してね、バーニンレオ！」

カービィはバーニンレオに駆《か》けより、大《おお》きく口《くち》を開《ひら》いた。

いつものように息《いき》を吸《す》いこめば、たちまちバーニンレオは宙《ちゅう》を飛《と》び、カービィの口《くち》の中《なか》へ一直線《いっちょくせん》……のはずだった。

でも、いくらがんばっても、何《なに》も起《お》きない。

「ん？　おまえ、カービィか？　ピンクのカービィは初《はじ》めて見《み》るぜ。よろしくな」

バーニンレオはベンチにふんぞり返《かえ》って、余裕《よゆう》しゃくしゃく。

カービィは顔《かお》をまっかにして吸《す》いこもうとしたけれど、バーニンレオはぴくりともしなかった。

カービィは、へとへとになって、座《すわ》りこんでしまった。

「はぁぁ……ダメだ。この世界《せかい》では、吸《す》いこみは使《つか》えないんだ。ということは、コピー能《のう》力《りょく》も……」

「何《なに》をやってるの？　おかしなヤツだなあ」

三人《にん》の仲間《なかま》たちが、カービィを囲《かこ》んで笑《わら》った。

カービィは、吸《す》いこみをあきらめて、ため息《いき》をついた。

「キミたちの言《い》うとおりにするよ。ぼく、装備《そうび》を買《か》わなきゃ、戦《たたか》えないみたい」

「あたりまえじゃないか。さ、よろずやへ行《い》こう」

ドクターが言《い》って、カービィを引《ひ》っぱり起《お》こした。


よろずやは、緑色《みどりいろ》の屋根《やね》のある、かわいらしい屋台《やたい》のような店《みせ》だった。

店番《みせばん》をしていた店長《てんちょう》が、カービィたちに気《き》づいて声《こえ》をかけてきた。

「ヤア、キミたち、元気《げんき》カイ？　いつも暴《あば》れん坊退治《ぼうたいじ》、ごくろうサマ！」

「……え!?」

店主《てんしゅ》の顔《かお》を見《み》て、カービィはあせった。

「マホロア〜!? こんなところで、何《なに》やってるの!?」

「ん? キミは新顔《しんがお》ダネェ、ピンクのカービィ。どうシテ、ボクの名前《なまえ》知《し》っているのカナ?」

マホロアは、感《かん》じのいい笑顔《えがお》を向《む》けた。カービィは、言葉《ことば》が出《で》なかった。

マホロアは、カービィにとって因縁《いんねん》の相手《あいて》だ。以前《いぜん》、口《くち》のうまい彼《かれ》にすっかりだまされ、ひどい目《め》にあわされたことがある。

……でも、とカービィは考《かんが》え直《なお》した。

この世界《せかい》には、プププランドの住民《じゅうみん》とそっくりな者《もの》たちが暮《く》らしているけれど、すっかり同《おな》じわけではない。

バンダナワドルディは、元《もと》のワドルディより少《すこ》しおしゃれだし、メタナイトは元《もと》のメタナイトよりも少《すこ》しキザでかっこつけたがりだ。

ということは、マホロアだって、元《もと》の性格《せいかく》のままではないかもしれない。

あちらの世界《せかい》では、腹黒《はらぐろ》くてウソつきだったマホロアだけれど、こちらでは正直者《しょうじきもの》なのかもしれない。

ハンマーが言《い》った。

「こんにちは、マホロア。今日《きょう》は、この新米《しんまい》カービィの装備《そうび》を買《か》いに来《き》たんだ」

「いつも、ヒイキにしてくれてありがとネェ。ステキな武器《ぶき》や防具《ぼうぐ》がそろってるヨォ！」

「この子《こ》、剣士《けんし》になる予定《よてい》なんだ。剣士用《けんしよう》の装備《そうび》を見《み》せて」

「ちょうど良《よ》かッタ！　今日《きょう》は剣士用《けんしよう》の装備《そうび》がお買《か》いドクなんダヨォ！」

マホロアは、つるぎやかぶとを取《と》り出《だ》して見《み》せた。

「これハ、かけだしのつるぎと、かぶと。お手《て》ゴロ値段《ねだん》ダヨォ」

「うーん、安《やす》いけど、これじゃ物足《ものた》りないな。もうちょっといい品《しな》はある？」

「もちろんダヨォ。こっちは、剣士《けんし》セット。これを装備《そうび》すればバ、たちまち一人前《いちにんまえ》の剣士《けんし》になれるンダ。お買《か》いドクダヨォ！」

「ふうん、良《よ》さそうだね。ソード、ちょっと試着《しちゃく》してごらんよ」

「え？　あ、ぼくのこと……？」

まだ、「ソード」なんて呼《よ》ばれるのに慣《な》れていない。カービィは照《て》れながら、つるぎとかぶとを受《う》け取《と》った。

つるぎは、カービィの手《て》に吸《す》いつくようになじんだ。かぶとも、まるであつらえたようにぴったりだ。

「お似合《にあ》いダヨォ！　かっこイイ！」

マホロアは手《て》をたたいて、大絶賛《だいぜっさん》。

カービィはうれしくなって、その場《ば》でくるりと回《まわ》ってみせた。

「とってもいい感《かん》じ！　ぼく、これにする！」

「お買《か》い上《あ》げ、アリガトウ！　剣士《けんし》のつるぎとかぶとのセットで、ジェムリンゴ二十個《こ》だヨ」

「えっ、高《たか》いなあ」

ドクターが、口《くち》をとがらせた。

「新米《しんまい》カービィの、初《はじ》めての装備《そうび》なんだよ。ちょっと負《ま》けてくれないかなあ」

「そうかァ……ウン、わかっタ。ボクからのお祝《いわ》いだヨ。特別《とくべつ》に、ジェムリンゴ十個《こ》……

「ううん、七個《こ》にしてアゲル！」

「ほんと!?　わーい！」

「ありがとう、マホロア！」

カービィハンターズは、飛《と》び上《あ》がって歓声《かんせい》を上《あ》げた。

晴《は》れてソードになったカービィも、もちろん大《おお》よろこび。

やっぱり、この世界《せかい》のマホロアは、元《もと》のマホロアとは大《おお》ちがい。とても親切《しんせつ》で、気前《きまえ》がいいらしい。

ちょっとでもうたがってしまって、ごめんね……と、心《こころ》の中《なか》であやまって、カービィはジェムリンゴ七個《こ》とひきかえに初《はじ》めての装備《そうび》を手《て》に入《い》れた。


装備《そうび》がととのったら、いよいよ出撃《しゅつげき》。

カービィハンターズは、一列《れつ》に並《なら》んで歩《ある》き出《だ》した。

街《まち》のゲートをくぐり、草原《そうげん》へ。

草《くさ》をかき分《わ》けて歩《ある》きながら、ドクターが言《い》った。

「ソード、キミにとっては初《はじ》めての戦《たたか》いだ。ムリするなよ」

「だいじょーぶ！」

カービィは、はりきっていた。

コピー能力《のうりょく》を使《つか》わずに戦《たたか》うのは、初《はじ》めてだ。でも、不安《ふあん》は少《すこ》しもなかった。

つるぎも、かぶとも、かっこいい。身《み》につけるだけで、チカラがわいてくるような気《き》がする。

ドクターが言《い》った。

「戦《たたか》いで大事《だいじ》なのは、四人《にん》のチームワークだよ。ひとりひとりに、役割《やくわり》がある」

ビームが付《つ》け加《くわ》える。

「ぼくの役割《やくわり》は、敵《てき》にタイムビームを当《あ》てて、時間《じかん》を止《と》めること。時間《じかん》が止《と》まったら、チャンスだ。ハンマーとソードで、敵《てき》をこてんぱんに叩《たた》きのめしてくれ」

「わかった！」

「ケガをしたら、ムリは禁物《きんもつ》。動《うご》けなくなる前《まえ》に、ドクターに手当《てあ》てしてもらうんだよ」

「うん！」

「それから、ソード、キミには攻撃《こうげき》の他《ほか》にも大事《だいじ》な役割《やくわり》がある。それは、ヒーローシールドだ」

「ヒーローシールド？」

「ヒーローシールドは、敵《てき》の攻撃《こうげき》をふせぐことができるバリアだよ。自分《じぶん》だけじゃなく、仲間《なかま》を助《たす》けることもできるんだ」

「どうやるの？」

三人《にん》のカービィたちは、足《あし》を止《と》めた。

ハンマーが言《い》った。

「そうだった。ソードはまだ、武器《ぶき》のあつかいに慣《な》れていないんだよね。敵《てき》にぶつかる前《まえ》に、練習《れんしゅう》しておこう」

「ヒーローシールドのやり方《かた》はね……」

ドクターが説明《せつめい》しようとした時《とき》だった。

ふいに、ドタンドタンという音《おと》が聞《き》こえてきた。音《おと》に合《あ》わせて、地面《じめん》が揺《ゆ》れた。

「来《き》たぞ！」

ハンマーが、武器《ぶき》をかまえて叫《さけ》んだ。

ビームが言《い》った。

「この足音《あしおと》は、ギガントエッジだな。強敵《きょうてき》だ。ソード、下《さ》がっていろ！」

「え？　でも……」

「キミには、まだムリだ。ぼくらの戦《たたか》いを、見《み》てて！」

言《い》うが早《はや》いか、ビームは杖《つえ》をかかげて駆《か》け出《だ》した。

草《くさ》むらをかき分《わ》けてあらわれたのは、鋼鉄《こうてつ》の剣士《けんし》ギガントエッジ。

全身《ぜんしん》を固《かた》いよろいで守《まも》り、大《おお》きな剣《けん》を振《ふ》り回《まわ》す乱暴者《らんぼうもの》だ。元《もと》の世界《せかい》では、カービィも何《なん》度《ど》か戦《たたか》ったことがある。

でも、こちらの世界《せかい》のギガントエッジは、元《もと》よりもっと荒々《あらあら》しく、殺気《さっき》だっているように見《み》えた。

ギガントエッジは、いきなり大剣《たいけん》をかまえ、カービィたちに襲《おそ》いかかってきた。

「みんな、気《き》をつけろ！」

ビームは叫《さけ》び、杖《つえ》を振《ふ》りかざした。杖《つえ》の先《さき》から、青白《あおじろ》い光《ひかり》がほとばしる。

光線《こうせん》に直撃《ちょくげき》されて、ギガントエッジは一瞬《いっしゅん》立《た》ち止《ど》まった。

でも、時間《じかん》を止《と》めるためには、もっとたくさんのタイムビームを命中《めいちゅう》させなければならない。

続《つづ》けて攻撃《こうげき》しようとしたビームめがけて、ギガントエッジは大剣《たいけん》を振《ふ》り下《お》ろした。

ビームはすばやく飛《と》び下《さ》がり、攻撃《こうげき》をさけた。

ハンマーが進《すす》み出《で》て、ビームをかばう。

「食《く》らえー！」

ハンマーは叫《さけ》びながらチカラをため、ギガントエッジに重《おも》い一撃《いちげき》をたたきこんだ。

鋼鉄《こうてつ》のボディも、これにはたえきれない。ギガントエッジはあおむけにひっくり返《かえ》った。

「やった！」

カービィたちは歓声《かんせい》を上《あ》げたが、ギガントエッジはすばやく反撃《はんげき》に出《で》た。

巨体《きょたい》からは想像《そうぞう》もつかないほど身軽《みがる》に起《お》き上《あ》がり、ハンマーに突進《とっしん》してくる。

「わああっ!?」

ハンマーが持《も》つ鉄《てっ》ついは、とても重《おも》い。どうしても、動《うご》きがおそくなる。

あわてて逃《に》げようとしたが、ギガントエッジのスピードにはかなわない。

大剣《たいけん》が、ハンマーめがけて振《ふ》り下《お》ろされた。

ハンマーは、反射的《はんしゃてき》に鉄《てっ》ついをかざし、攻撃《こうげき》を受《う》け止《と》めた。

直撃《ちょくげき》はさけられたが、鉄《てっ》ついははじき飛《と》ばされてしまった。

「ううっ……手《て》が……痛《いた》い……！」

ハンマーは、うめいた。今《いま》の一撃《いちげき》で、手《て》にキズを負《お》ったのだ。

ギガントエッジは、容赦《ようしゃ》なく攻撃《こうげき》を続《つづ》けようとしている。

ドクターが叫《さけ》んだ。

「手当《てあ》てをする！　ビーム、援護《えんご》をたのむ！」

「まかせて！」

ビームは杖《つえ》をかざして、立《た》て続《つづ》けにタイムビームを放《はな》った。

ギガントエッジはよろめいたが、動《うご》きは止《と》まらなかった。小《こ》きざみの攻撃《こうげき》では、時間《じかん》を止《と》めることはむずかしい。

ドクターはギガントエッジの攻撃《こうげき》をかいくぐりながら、ハンマーに駆《か》けよって、手当《てあ》てをこころみた。

しかし、ギガントエッジはその動《うご》きを見《み》のがさない。ビームには目《め》もくれず、ドクターを追《お》っている。

回復役《かいふくやく》のドクターがやられたら、パーティは総崩《そうくず》れになってしまう。

カービィは——ソードことピンク色《いろ》のカービィは、ハラハラしながら仲間《なかま》たちを見守《みまも》っていたけれど、ついに、がまんできなくなった。

この世界《せかい》での戦《たたか》いにはまだ慣《な》れていないが、みんなのピンチを黙《だま》って見《み》てはいられない。

考《かんが》えるより早《はや》く、飛《と》び出《だ》していた。

「こらー！　ぼくが相手《あいて》だよー！」

大地《だいち》をけって飛《と》び上《あ》がり、ギガントエッジに斬《き》りつける。

みごとな一撃《いちげき》が決《き》まった。

かぶとを強打《きょうだ》されたギガントエッジは、体勢《たいせい》を崩《くず》し、足《あし》もとをふらつかせた。

しかし、それも一瞬《いっしゅん》のこと。

ギガントエッジはすぐに剣《けん》を構《かま》えなおして、ふたたびドクターに斬《き》りつけようとした。

カービィは大声《おおごえ》を上《あ》げながら、ギガントエッジに何度《なんど》も攻撃《こうげき》をしかけた。

「こっちだ！　ぼくが相手《あいて》だ！　こっちへ来《こ》い！」

カービィの必死《ひっし》の叫《さけ》びも、ギガントエッジには通用《つうよう》しなかった。ひたすら、ドクターを狙《ねら》い続《つづ》けている。

ドクターは、ハンマーの手当《てあ》てに手間取《てまど》っていた。

ギガントエッジは、大剣《たいけん》を振《ふ》りかざした。

あれが命中《めいちゅう》したら、ドクターとハンマーの二人《ふたり》が戦線離脱《せんせんりだつ》することになる。そうなったら、もう勝《か》ち目《め》はない。

ビームは杖《つえ》を高《たか》くかかげ、はげしく振《ふ》り回《まわ》した。

「止《と》まれ！　えーい！　時間《じかん》、止《と》まれぇぇ！」

しかし、時間《じかん》は止《と》まらない。

絶体絶命《ぜったいぜつめい》――！

カービィは、いちかばちか、ギガントエッジの脳天《のうてん》に必殺《ひっさつ》の一撃《いちげき》をおみまいしようと、飛《と》び上《あ》がった。

そのときだった。カービィは、仲間《なかま》たちの顔《かお》を見《み》てハッとした。

ハンマー、ドクター、ビーム。

全員《ぜんいん》、疲《つか》れ果《は》ててはいるが、目《め》のかがやきは失《うしな》っていない。それぞれ、自分《じぶん》の役割《やくわり》を果《は》たそうと必死《ひっし》だ。

それに気《き》づいた瞬間《しゅんかん》、カービィは、自分《じぶん》の役割《やくわり》を思《おも》い出《だ》した。

今《いま》、カービィは一人《ひとり》で戦《たたか》っているのではない。たよりになる仲間《なかま》たちがいる。

むやみに武器《ぶき》を振《ふ》り回《まわ》すだけでは、ダメだ。みんなを信《しん》じ、みんなとともに戦《たたか》わないと。

カービィは、ギガントエッジに斬《き》りつけるのをやめ、かわりに剣《けん》を高《たか》くかかげた。

夢中《むちゅう》で、声《こえ》を上《あ》げていた。

「みんなを守《まも》るよ！　**ヒーローシールド！**」

その瞬間《しゅんかん》、光《ひかり》を放《はな》つドーム形《がた》の壁《かべ》が出現《しゅつげん》し、カービィたちをおおった。

ギガントエッジが振《ふ》り下《お》ろした大剣《たいけん》は、カーンと高《たか》い音《おと》を立《た》てて、かがやくバリアにはじき返《かえ》された。

たじろいだギガントエッジは、怒《いか》りをこめて、何度《なんど》も大剣《たいけん》を振《ふ》り回《まわ》した。しかし、攻撃《こうげき》はすべてバリアが防《ふせ》ぐ。

「助《たす》かった！　ありがとう、ソード！」

ドクターはうれしそうに言《い》って、ハンマーの治療《ちりょう》を続《つづ》けた。

キズがふさがると、たちまちハンマーは元気百倍《げんきばい》。

「よーし！　本気《ほんき》の戦《たたか》いは、ここからだ！」

ハンマーは鉄《てっ》ついをかまえ直《なお》した。

と同時《どうじ》に、ついにビームの「時間止《じかんと》め」魔法《まほう》が決《き》まった。

あらゆるものが、動《うご》きを止《と》めた。ギガントエッジはもちろんのこと、そよぐ風《かぜ》や、なびく草《くさ》さえも。

時《とき》が止《と》まった空間《くうかん》で、動《うご》き回《まわ》れるのは、カービィハンターズだけ。

ハンマーは鉄《てっ》ついを高《たか》くかかげると、敵《てき》をにらみつけて、チカラをためた。

「え――い！　行《い》ぃいいくぅうぅぞぉおお――――！」

黄色《きいろ》い顔《かお》に、ほんのり赤《あか》みがさす。鉄《てっ》ついが、炎《ほのお》をまとったように、かがやき始《はじ》めた。

そのパワーが、最高潮《さいこうちょう》にたっした瞬間《しゅんかん》。

「食《く》らえ！　**おにごろし火炎《かえん》ハンマー！！**」
高《たか》らかな声《こえ》とともに、ハンマーは痛烈《つうれつ》な一撃《いちげき》をギガントエッジにたたきこんだ。
岩《いわ》をもくだく、最強《さいきょう》の攻撃《こうげき》！
鋼鉄《こうてつ》のよろいが、ガラスのようにひび割《わ》れた。
ふたたび時間《じかん》が流《なが》れ始《はじ》めたとき、もうギガントエッジは立《た》っていられなかった。
大剣《たいけん》を取《と》り落《お》とし、ドォッと音《おと》を立《た》てて、倒《たお》れる。
それっきり、動《うご》かなくなった。

かたずをのんでいたカービィハンターズは、いっせいに声《こえ》を上《あ》げた。

「やったぁ！」

「倒《たお》したぞ！」

「すごいよ、ハンマー！」

「ううん。とどめを刺《さ》したのはぼくだけど、この戦《たたか》いの本当《ほんとう》のヒーローは……」

ハンマーは、ピンクのカービィの手《て》をにぎった。

「ソード！　キミだよ」

「ぼく……？」

「初《はじ》めてなのに、みごとな戦《たたか》いぶりだった。あのバリアがなければ、ぼくらは負《ま》けてたよ」

ビームが、目《め》をかがやかせた。

「どうして、ヒーローシールドのやり方《かた》がわかったの？　まだ、説明《せつめい》してなかったのに」

「う……ん……なんとなく」

いったい、どうやってバリアを張《は》ったのか、カービィは思《おも》い出《だ》せなかった。

ただ、これだけはわかる。

カービィは顔《かお》を上《あ》げ、元気《げんき》よく言《い》った。

「みんなのことを思《おも》ったんだ。みんなが、力《ちから》いっぱい戦《たたか》えますようにって。そしたら、ひとりでにからだが動《うご》いて、バリアを張《は》ってたよ！」

三人《にん》のカービィたちは顔《かお》を見合《みあ》わせ、力強《ちからづよ》くうなずいた。

ドクターが言《い》った。

「チームワークで強敵《きょうてき》を倒《たお》すことができたんだね。からだは四人《にん》、こころは一つ！」

「われら……」

カービィたちはそれぞれの武器《ぶき》をかかげて、声《こえ》を合《あ》わせた。

「**カービィハンターズ！**」

4 黒幕《くろまく》はだれだ？

カービィがこの世界《せかい》にやって来《き》てから、たちまち何週間《なんしゅうかん》かが過《す》ぎた。

カービィは毎日《まいにち》、仲間《なかま》たちとともに戦《たたか》いに出《で》かける。時《とき》には、一日《にち》に五、六体《たい》もの敵《てき》とぶつかることもある。

強敵《きょうてき》も多《おお》いが、カービィハンターズは負《ま》け知《し》らず。

カービィはすっかり、この世界《せかい》になじんだ。宿屋《やどや》暮《ぐ》らしにも慣《な》れたし、街《まち》の住民《じゅうみん》たちとも仲良《なかよ》くなった。

とりわけ、カービィと気《き》が合《あ》うのは、やっぱりワドルディ。ジェムリンゴの番《ばん》をしている、バンダナワドルディだ。

カービィは、毎日《まいにち》、決《き》まった時刻《じこく》に宿屋《やどや》を出《で》てジェムリンゴの木《き》に向《む》かう。バンダナワドルディは、カービィが来《く》るのを心待《こころま》ちにしていて、ジェムリンゴをたくさん分《わ》けてくれる。

そのついでに、おしゃべりをするのが二人《ふたり》の楽《たの》しみだった。楽《たの》しすぎて、うっかり時間《じかん》をわすれてしまい、仲間《なかま》たちが探《さが》しに来《く》る……なんてこともある。

「おはよう、ワドルディ！」

今朝《けさ》も、カービィはバンダナワドルディのもとへ遊《あそ》びに来《き》た。

「あ、おはよう、カービィ。ジェムリンゴ、たくさん収穫《しゅうかく》できるよ！」

バンダナワドルディはジェムリンゴをかごいっぱいに入《い》れて、カービィに渡《わた》してくれた。

「いつも、ありがとう」

「ずいぶんジェムリンゴがたまったね。そろそろ、新《あたら》しい装備《そうび》に買《か》いかえられるんじゃない？」

「買《か》いかえる？　ぼく、このつるぎとかぶと、気《き》に入《い》ってるんだけど……」

「よく似合《にあ》ってるけどさ、武器《ぶき》や防具《ぼうぐ》は、少《すこ》しずつランクアップしたほうがいいんだよ。パワーのある武器《ぶき》を使《つか》えば、そのぶん、戦《たたか》いがラクになるから」

「ふうん……そうか。じゃあ、またマホロアのお店《みせ》に行《い》ってみなくちゃ」

カービィは、親切《しんせつ》なマホロアを思《おも》い出《だ》して、笑顔《えがお》になった。

「マホロアって、すごくいいヤツだよね」

カービィが言《い》うと、バンダナワドルディはギョッとしたような顔《かお》になった。

「……え？　マホロアが？　いいヤツ？」

「うん！　だって、このつるぎとかぶと、ぼくの初《はじ》めての装備《そうび》だからって、特別《とくべつ》サービスをしてくれたんだよ」

「サービスって……マホロアが？　まさか……」

「ほんとはジェムリンゴ二十個《こ》なのに、七個《こ》でいいって言《い》ってくれたんだ！」

「ジェムリンゴ七個《こ》!?　剣士《けんし》セットが!?」

バンダナワドルディは青《あお》ざめて、声《こえ》をふるわせた。

その様子《ようす》を見《み》て、カービィはますますうれしくなった。

「ね、びっくりしちゃうでしょ。気前《きまえ》が良《よ》すぎるよね」

「カービィ、マホロアのお店《みせ》に行《い》こう」

バンダナワドルディはけわしい声《こえ》で言《い》って、カービィの手《て》を取《と》った。

「え？　ワドルディも行《い》くの？」

「うん。キミ一人《ひとり》じゃあぶない」

「どういう意味《いみ》？　ぼく、迷子《まいご》になったりしないけど……」

「いいから、いっしょに行《い》こう」

カービィは、バンダナワドルディに引《ひ》きずられるようにして「よろずや」に向《む》かった。


「ピンクのカービィ！　よく来《き》てくれたネェ。調子《ちょうし》はドウ？」

愛想《あいそ》よく声《こえ》をかけてきたマホロアだが、バンダナワドルディに気《き》づくと、ちょっとつまらなそうな態度《たいど》になった。

「……あれェ？　キミは、たしかジェムリンゴの番人《ばんにん》だよネェ。こんなところでサボってて、イイのカナ？」

「カービィの買《か》い物《もの》に付《つ》き合《あ》うだけだよ。用事《ようじ》がすんだら、すぐに帰《かえ》る」

「キミなんか、いらないヨォ。ボクが、ピンクのカービィにピッタリの装備《そうび》を選《えら》んであげるカラ……」

「マホロア」

バンダナワドルディは、きびしい声《こえ》で言《い》って、カービィをかばうように進《すす》み出《で》た。

「カービィがこの街《まち》に慣《な》れてないのをいいことに、だますなんて許《ゆる》せないぞ」

「エエッ!? なんのコト？ ボクが何《なに》をしたって言《い》うノ。ひどいヨォ……」

マホロアは、手《て》で顔《かお》をおおって、涙声《なみだごえ》になった。

しかし、バンダナワドルディの態度《たいど》は変《か》わらない。

「泣《な》きマネなんかしたって、ムダだからね。キミがカービィに売《う》りつけた剣士《けんし》セット、本《ほん》当《とう》の値段《ねだん》は……」

「ウワァァン！」

マホロアはひときわ泣《な》き声《ごえ》を張《は》り上《あ》げて、バンダナワドルディの言葉《ことば》をさえぎった。

「ごめんネェ、ボク、商売《しょうばい》のやり方《かた》がヘタだカラ……ピンクのカービィをイヤなキモチにさせちゃったんダネェ……ごめんネ、ごめんネ！」

「マホロア！」

カービィはおどろいて、マホロアをなぐさめた。

「そんなことないよ。マホロアが選《えら》んでくれた装備《そうび》、ぼく、大好《だいす》きだよ」

「……ホント？」

「うん！　とってもかっこいいもん。それに、特別《とくべつ》サービスしてくれて、ありがとう」

「ピンクのカービィは、わかってくれるんダネ。うれしいヨォ！」

マホロアは、ケロッと笑顔《えがお》になった。

「おまえ〜！」

バンダナワドルディはカンカンになったが、カービィが言《い》った。

「ワドルディ、なんで怒《おこ》ってるの？　マホロアをいじめちゃ、ダメだよ」

「カービィ……」

バンダナワドルディは、カービィがムッとしているのに気《き》づいて、しょんぼりした。

マホロアは、やさしい声《こえ》で言《い》った。

「いいンダ。ボク、気《き》にしないヨォ。ピンクのカービィの笑顔《えがお》さえ見《み》られれバ、それでいいンダ」

それを聞《き》いて、バンダナワドルディはうろたえてしまった。

……カービィは、だまされている。

マホロアが親切《しんせつ》めかしてジェムリンゴ七個で売《う》りつけた「剣士《けんし》セット」は、基本中《きほんちゅう》の基《き》本《ほん》の装備《そうび》。本当《ほんとう》なら、たった二個《こ》ほどで買《か》えるものだ。

けれど、それを明《あき》らかにしてマホロアをとっちめたら、カービィの笑顔《えがお》は消《き》えてしまうだろう。

せっかく気《き》に入《い》っているつるぎも、かぶとも、色《いろ》あせて見《み》えてしまうかもしれない。それどころか、戦《たたか》う気《き》すら失《うしな》ってしまうかも。

そんなことは、したくなかった。

そこで、バンダナワドルディは、くやしい気《き》もちをこらえて言《い》った。

「……ぼくだって、カービィの笑顔《えがお》が見《み》たいよ。マホロア、新《あたら》しい装備《そうび》を見《み》せて。カービィに似合《にあ》うやつを」

「ウン！　とびっきりの極上品《ごくじょうひん》が入荷《にゅうか》してるヨォ！」

マホロアはさっそく、新品《しんぴん》のつるぎとかぶとを持《も》ち出《だ》してきた。

「ユニコーンソードと、ヘルム。一角獣《いっかくじゅう》のツノを使《つか》った、特注品《とくちゅうひん》なンダ。メッタに入荷《にゅうか》しないカラ、買《か》わないとソンだヨォ！」

「わあ、かっこいい！」

カービィは目《め》をかがやかせた。

ユニコーンソードは、らせん状《じょう》の刃《やいば》を持《も》つ、みごとな剣《けん》だった。ヘルムにも、らせん状《じょう》の突起《とっき》がついていて、見《み》るからに強《つよ》そうだ。

バンダナワドルディも、見《み》とれてしまった。マホロアの商売《しょうばい》は、ズルいところもあるけれど、取《と》り扱《あつか》っている品物《しなもの》は良《い》いものが多《おお》い。

ソードを手《て》にし、ヘルムをかぶったカービィは、興奮《こうふん》して叫《さけ》んだ。

「すごく、いい感《かん》じ。ぼく、これを買《か》うよ！」

「お買《か》い上《あ》げアリガトウ！　カービィのタメだけに、オマケしちゃうヨォ。ホントはジェムリンゴ百個《こ》でも買《か》えない高級品《こうきゅうひん》だケド、大《おお》マケにマケて、六十……」

バンダナワドルディがジロッとにらむと、マホロアは言《い》い直《なお》した。

「ウ……ウウン、五十個《こ》でいいかナ……」

「マホロア！」

バンダナワドルディの目《め》がつり上《あ》がる。

「わかったヨォ……もっとオマケするヨォ。四十八個《こ》……ウウン、四十六個《こ》でイイ……」

バンダナワドルディはうなずいた。そのくらいが、ちょうど定価《ていか》だ。

カービィは飛《と》び上《あ》がった。

「ほんと!?　ほんとに、そんなにオマケしてくれるの!?」

「ホントは、こんなネダンじゃ売《う》れないケド……キミはトクベツなお客《きゃく》サマだからネ！」

「ありがとう！　なんて親切《しんせつ》なんだろう」

カービィは感激《かんげき》して、ジェムリンゴを支払《しはら》った。

新《あたら》しい装備《そうび》を身《み》につけて歩《ある》くカービィに、すれちがう住民《じゅうみん》たちが次々《つぎつぎ》に声《こえ》をかけてきた。

「よぉ、ピンクのカービィ。装備《そうび》を変《か》えたのか。かっこいいじゃないか」

「ユニコーンセットか。すごく似合《にあ》ってるぜ！」

みんなからほめられるたびに、カービィはうれしくなって、決《き》めポーズを取《と》った。

「すてきなセットが買《か》えて、よかった。マホロアって、ほんと、いいヤツだよね」

はしゃぐカービィに、バンダナワドルディは「う……うん」と、歯切《はぎ》れの悪《わる》い答《こた》えを返《かえ》した。

カービィはそれには気《き》づかずに、元気《げんき》よく続《つづ》けた。

「ワドルディにも見《み》せてあげたかったたな。このユニコーンセットのデザイン、ワドルディもきっと好《す》きだと思《おも》うんだ」

「え？　ぼく？」

バンダナワドルディは、きょとんとした。

カービィは、うっかり口《くち》をすべらせたことに気《き》づいて、あわててごまかそうとした。

でも、バンダナワドルディの顔《かお》を見《み》たら、気《き》が変《か》わった。

バンダナワドルディは、こちらの世界《せかい》でのいちばんの仲良《なかよ》し。いつだってカービィを力《ちから》づけてくれる、大好《だいす》きな友《とも》だちだ。

いつまでも、ほんとうのことをかくし続《つづ》けるのは、イヤだった。

「……あのね。ぼく、だまっていたことがあるんだ」

カービィは真剣《しんけん》な声《こえ》で言《い》い、ジェムリンゴの木陰《こかげ》に座《すわ》りこんだ。

バンダナワドルディはふしぎそうな顔《かお》で、カービィのとなりに座《すわ》った。

「だまっていたこと？　それは……」

「ぼく、この世界《せかい》の住民《じゅうみん》じゃないんだ」

カービィは、思《おも》いきって言《い》った。

息《いき》をつめて聞《き》いていたバンダナワドルディは、ほっとしたように笑《わら》いだした。

「なーんだ、急《きゅう》にまじめな顔《かお》するから、びっくりしちゃった。そんなことぐらい、わかってるよ。キミはよその街《まち》の住民《じゅうみん》で、この街《まち》には初《はじ》めて来《き》たんだよね」

「ううん、そういう意味《いみ》じゃなくて。ぼく、ちがう世界《せかい》から来《き》たんだよ。よその街《まち》じゃなく、よその世界《せかい》から」

「……え？」

バンダナワドルディは面食《めんく》らったような顔《かお》になった。

カービィは、ゆっくり話《はな》し始《はじ》めた。

カービィが住《す》んでいたのは「プププ王国《キングダム》」ではなく、「プププランド」という世界《せかい》だったこと。

ある日《ひ》、図書館《としょかん》で本《ほん》を読《よ》んでいたら、急《きゅう》に気《き》を失《うしな》ってしまったこと。

気《き》がついたら、草原《そうげん》にいたこと……。

バンダナワドルディは、目《め》をまるくして聞《き》いていた。

話《はな》し終《お》えたカービィは、ため息《いき》まじりに言《い》った。

「信《しん》じられないと思《おも》うけど、ほんとのことなんだ。ぼく、この世界《せかい》の外《そと》から来《き》たんだよ」

バンダナワドルディは、しばらく考《かんが》えこんでいたが、やがて深《ふか》くうなずいた。

「ふしぎな話《はなし》だけど、ぼく、信《しん》じるよ。キミがでたらめを言《い》うなんて思《おも》えないもん」

「ワドルディ……ありがとう！」

カービィは、ヒミツを話《はな》したことで、すっかり気《き》もちが軽《かる》くなった。

バンダナワドルディと顔《かお》を見合《みあ》わせると、同時《どうじ》に笑《わら》いだしてしまった。

バンダナワドルディは、笑《わら》いながら言《い》った。

「それにしても、おもしろいなあ。キミが住《す》んでいた世界《せかい》にも、ぼくにそっくりなワドルディがいて、キミと友《とも》だちだったなんて！」

「うん、おもしろいよね。ワドルディだけじゃないよ、コックカワサキもバーニンレオも、プププランドの住民《じゅうみん》なんだ。メタナイトもいるし、マホロアだって……」

ふと、カービィはおかしなことに気《き》づいた。

「……あれ？　そういえば、こっちの世界《せかい》では見《み》かけないなあ。どこにいるんだろう？」

「え？　だれのこと？」

「デデデ大王《だいおう》だよ」

目立《めだ》ちたがりで騒《さわ》がしい、プププランドの自称支配者《じしょうしはいしゃ》デデデ大王《だいおう》。

こちらの世界《せかい》では、名前《なまえ》すら聞《き》かない。これは、考《かんが》えてみたら奇妙《きみょう》なことだった。

「おかしいなあ。あのデデデ大王《だいおう》が、おとなしくしてるなんて、信《しん》じられないけど……」

「デデ……デ？　そいつも、キミの友《とも》だちなの？　へんな名前《なまえ》だね」

バンダナワドルディは、くすくす笑《わら》った。カービィは、びっくりした。

「ワドルディがそんなこと言《い》うなんて、すごくふしぎ！　ぼくの世界《せかい》では、ワドルディはデデデ大王《だいおう》の部下《ぶか》で、大王《だいおう》をとっても尊敬《そんけい》してるんだ」

「へえ！　でも、ぼくはデデデ大王《だいおう》なんて聞《き》いたこともないよ」

「そうかあ……」

ワドルディもメタナイトも、みんなそろっているのに、デデデ大王《だいおう》だけがいないなんて……どういうことだろう。

もともと、カービィとデデデ大王《だいおう》は仲良《なかよ》しというわけではない。デデデ大王《だいおう》は何《なに》かにつけてカービィにライバル心《しん》を燃《も》やしている。カービィだって、デデデ大王《だいおう》とは、仲良《なかよ》くするより張《は》り合《あ》うほうが楽《たの》しい。

二人《ふたり》のケンカは、ワドルディやメタナイトがあきれるくらい、日常茶飯事《にちじょうさはんじ》だった。

でも、この世界《せかい》にはデデデ大王《だいおう》がいないんだと思《おも》うと、カービィは悲《かな》しくなった。

「いると腹《はら》が立《た》つけど、いないとさびしいなあ……デデデ大王《だいおう》に会《あ》いたいなあ……」

「……ふうん」

バンダナワドルディは、カービィの表情《ひょうじょう》を見《み》て、はげました。

「きっと、どこかにいるよ。プププ王国《キングダム》の街《まち》は、ここだけじゃないから。よその街《まち》で、元《げん》気《き》にしてるんだと思《おも》う。そのうち、きっと会《あ》えるよ」

「……うん、そうだよね。ありがとう」

デデデ大王《だいおう》のことだ。こちらの世界《せかい》でも、どこかの街《まち》でいばり散《ち》らして、部下《ぶか》をこき使《つか》っているにちがいない。

そう思《おも》ったら、少《すこ》し気分《きぶん》が晴《は》れた。

早《はや》く会《あ》えるといいなあ……と思《おも》ったとき。

にぎやかな声《こえ》が近《ちか》づいてきた。

「おーい、ソード！」

「いたいた。また、バンダナ君《くん》と遊《あそ》んでたのか」

「おやつ……じゃなかった、作戦会議《さくせんかいぎ》の時間《じかん》だよ。早《はや》くおいでよ」

カービィハンターズの三人《にん》が、カービィを探《さが》しにきたのだ。

「あ、待《ま》ち合《あ》わせの時間《じかん》をわすれてた！　ごめんごめん！」

カービィは元気《げんき》に答《こた》えて、仲間《なかま》たちのほうへ走《はし》っていった。


「デデデ大王《だいおう》？　知《し》らないな」

「聞《き》いたこともないよ。どんなヤツ？」

「ソードの友《とも》だちかい？」

カービィは、念《ねん》のために三人《にん》の仲間《なかま》たちにもたずねてみたけれど、手《て》がかりは得《え》られなかった。

カービィハンターズは、いつものように、コックカワサキの酒場《さかば》に集《あつ》まっている。四人《にん》が囲《かこ》んだテーブルには、料理《りょうり》が山盛《やまも》りだ。

カービィは、がっかりした。

「やっぱり、デデデ大王《だいおう》はこの世界《せかい》にいないのかな……なんでかなあ……？」

「そんなことよりさ、カービィたち」

追加《ついか》の料理《りょうり》を運《はこ》んできたコックカワサキが、声《こえ》をかけた。

「キミたちに、また新《あたら》しいクエストの依頼《いらい》がきてるんだ。引《ひ》き受《う》けてくれないかな」

「お安《やす》いご用《よう》さ！」

カービィたちは、声《こえ》をそろえて答《こた》えた。

クエストというのは、主《おも》に暴《あば》れん坊退治《ぼうたいじ》のことだ。

乱暴《らんぼう》なヤツらに困《こま》った住民《じゅうみん》たちが、ハンターたちに退治《たいじ》を依頼《いらい》する。

ハンターたちが依頼《いらい》を完了《かんりょう》すれば、お礼《れい》をもらえるという仕組《しく》みになっている。

「どこからの依頼《いらい》？」

「いろいろあるよ。草原地方《そうげんちほう》が三件《けん》だろ、砂丘地方《さきゅうちほう》が三件《けん》だろ、古跡地方《こせきちほう》が四件《けん》に……」

ビームがおどろいて、さえぎった。

「ちょっと待《ま》って。そんなにたくさん？」

「そうなんだ。最近《さいきん》、急《きゅう》に暴《あば》れん坊《ぼう》が増《ふ》えてるようでね」

コックカワサキは困《こま》ったように首《くび》を振《ふ》った。

「旅人《たびびと》たちが次々《つぎつぎ》に襲《おそ》われてるらしい。みんな、ビクビクしてるよ」

「……以前《いぜん》は、こんなことはなかったんだよね？」

ドクターが確認《かくにん》すると、コックカワサキは大《おお》きくうなずいた。

「そのとおり。プププ王国《キングダム》は、あくびが出《で》るくらい平和《へいわ》な国《くに》っていわれてたんだ。暴《あば》れん坊《ぼう》なんて、一人《ひとり》もいなかったよ。どうなっちゃってるんだろうねえ、いったい」

「奇妙《きみょう》だな」

ドクターは考《かんが》えこんだ。

「なぜ、急《きゅう》に暴《あば》れだす連中《れんちゅう》が増《ふ》えたんだろう。ひょっとすると、黒幕《くろまく》がいるのかもしれないな」

「黒幕《くろまく》？」

「うん。そう考《かんが》えれば、つじつまが合《あ》う。何者《なにもの》かが、各地《かくち》の腕《うで》じまんをあやつって、凶暴《きょうぼう》化《か》させているんじゃないかな」

「だれが、そんなひどいことを……」

そのとき、カウンターの端《はし》の席《せき》で「フッ」と笑《わら》う声《こえ》がした。

いつものように、みんなに背《せ》を向《む》けてココアを飲《の》んでいたメタナイトだ。

孤独《こどく》を気《き》どりながら、カービィたちの話《はなし》に聞《き》き耳《みみ》を立《た》てていたらしい。

カービィが気《き》づいて言《い》った。

「どうしたの、メタナイト。話《はなし》に入《はい》りたいなら、こっちにおいでよ」

「そうではない。ただ、ふと思《おも》い当《あ》たったことがあってな」

「なあに？」

「一連《いちれん》の事件《じけん》のかげに黒幕《くろまく》がいるのだとしたら、それはヤツしか考《かんが》えられない。他者《たしゃ》の心《こころ》をあやつり、人形《にんぎょう》のように動《うご》かすなんて、だれでもできることじゃないからな。そんな能《のう》

力《りょく》を持《も》っているのは——あやつりの魔術師《まじゅつし》ぐらいなものだろう」

カービィはハッとした。

あやつりの魔術師《まじゅつし》。その呼《よ》び名《な》には、聞《き》き覚《おぼ》えがあった。

ドクターが、口《くち》をとがらせて言《い》った。

「もったいぶらないで、教《おし》えてください。あやつりの魔術師《まじゅつし》って、だれですか？」

「タランザという男《おとこ》さ」

やっぱり。

メタナイトが口《くち》にしたのは、カービィが思《おも》ったとおりの名前《なまえ》だった。

でも、色《いろ》ちがいのカービィたちには初耳《はつみみ》らしい。みんな、きょとんとしている。

カービィは言《い》った。

「タランザが、そんな悪《わる》いことをするはずないよ。以前《いぜん》は、あやつりの術《じゅつ》を使《つか》ってみんなを苦《くる》しめていたけど、今《いま》では心《こころ》を入《い》れ替《か》えたし……」

「なに？　キミはタランザの知《し》り合《あ》いなのか？」

メタナイトは、おどろいたように言《い》った。

「タランザは、めったに人前《ひとまえ》に姿《すがた》を見《み》せないという。私《わたし》も、ウワサを耳《みみ》にしたことがあるだけだ。キミはどこで、ヤツと知《し》り合《あ》ったのだ？」

カービィは、答《こた》えられなかった。

答《こた》えようとすれば、カービィがこの世界《せかい》の外《そと》から来《き》たことを話《はな》さなければならない。

バンダナワドルディにはヒミツを話《はな》したけれど、まだ、他《ほか》のみんなに打《う》ち明《あ》ける決心《けっしん》がつかなかった。

タランザとは、以前《いぜん》に戦《たたか》ったことがある。もちろん、プププ王国《キングダム》ではなく、元《もと》の世界《せかい》でのできごとだ。

タランザは、妖艶《ようえん》の悪女《あくじょ》クィン・セクトニアの部下《ぶか》として、カービィたちをさんざん苦《くる》しめた。でも、戦《たたか》いの後《あと》は改心《かいしん》し、静《しず》かに暮《く》らしているはずだ。

けれど、この世界《せかい》ではちがうのかもしれない。タランザはまだ、あやつりの術《じゅつ》で悪行《あくぎょう》を重《かさ》ねているのかも……。

カービィは言《い》った。

「とにかく、タランザが黒幕《くろまく》なら、放《ほう》ってはおけないよ。なぜ、こんなことをするのか、たしかめなくちゃ」

カービィハンターズはうなずいた。

「よし、行《い》こう！」

「タランザってヤツを、とっちめるぞ！」

「ソード、ヤツの居場所《いばしょ》はわかる？」

仲間《なかま》たちに問《と》いかけられて、カービィは考《かんが》えこんだ。

プププランドの上空《じょうくう》には、浮遊大陸《ふゆうたいりく》フロラルドと呼《よ》ばれる、天空《てんくう》の民《たみ》たちの国《くに》があった。

タランザはそこを支配《しはい》するクィン・セクトニアに仕《つか》えていたのだが……。

「こっちの世界《せかい》にもあるのかなあ、フロラルド……」

「え？　なんだって？」

「えっとね……」

カービィは、フロラルドを知《し》らない仲間《なかま》たちにもわかるよう、言葉《ことば》を選《えら》んで説明《せつめい》した。

「タランザは、高《たか》いところが好《す》きだと思《おも》うんだ」

「高《たか》いところって？　丘《おか》の上《うえ》とか？」

「ううん、もっと高《たか》いところだよ。雲《くも》よりも、もっともっと高《たか》いところ……」

「雲《くも》よりも？　そんなところ、だれも住《す》めるはずがないよ！」

カービィハンターズは疑《うたが》わしそうな顔《かお》になったが、メタナイトが口《くち》をはさんだ。

「いや、待《ま》て。なるほどな。そういうことなら、心当《こころあ》たりがあるぞ」

「え？」

「雲《くも》よりももっと高《たか》いところに、天空《てんくう》の世界《せかい》が存在《そんざい》している……そんなウワサを耳《みみ》にしたことがあるんだ。私《わたし》も、まだ訪《おとず》れたことはないのだが。タランザは、そこに身《み》をひそめているのではないかな」

「よーし、わかった！」

手《て》がかりをつかんで、カービィハンターズは元気《げんき》づいた。

「行《い》くぞー！　天空《てんくう》だー！」

「待《ま》ってろ、タランザ！」

「カービィハンターズ、出撃《しゅつげき》！」

今《いま》にも酒場《さかば》を飛《と》び出《だ》して行《い》きそうなカービィハンターズを、メタナイトが引《ひ》き止《と》めた。

「落《お》ちつきたまえ、キミたち。天空《てんくう》について何《なに》も知《し》らないのに、どうやって行《い》くつもりなんだ」

「えーと……空《そら》を飛《と》んで行《い》けばいいんでしょ。ぼくら、ホバリングができるから！」

「ホバリング程度《ていど》の飛行能力《ひこうのうりょく》では、とうてい天空《てんくう》にはたどり着《つ》けないぞ。なにしろ、雲《くも》よりもっと高《たか》い場所《ばしょ》なのだからな」

「じゃ、どうすれば……」

考《かんが》えこんだカービィたちに、アイデアを出《だ》してくれたのは、コックカワサキだった。

「気球《ききゅう》を使《つか》ってみたらどう？」

「気球《ききゅう》？」

「うん。この街《まち》で、昔使《むかしつか》っていた気球《ききゅう》があるんだ。観光客《かんこうきゃく》に人気《にんき》だったんだけど、だんだん、すたれちゃってね。最近《さいきん》はずっと、街《まち》の倉庫《そうこ》で眠《ねむ》ってるんだ。ボロだけど、修理《しゅうり》すれば使《つか》えるはずだよ」

「いいね！」

ドクター、ハンマー、ビームの三人《にん》は、顔《かお》をかがやかせた。

「気球《ききゅう》に乗《の》って、天空《てんくう》へ！」

「あやつりの魔術師《まじゅつし》を倒《たお》すぞ！」

「おー！」

盛《も》り上《あ》がっている仲間《なかま》たちの中《なか》で、ピンクのカービィだけは、複雑《ふくざつ》な表情《ひょうじょう》だった。

本当《ほんとう》に、タランザが黒幕《くろまく》なんだろうか？

なんのために、プププ王国《キングダム》のみんなを苦《くる》しめているんだろう？

疑問《ぎもん》はたくさんあったけれど、とにかく、めざすは天空《てんくう》。

「行《い》こう！」

カービィハンターズは、一列《れつ》に並《なら》んで、酒場《さかば》を出《で》た。

5 気《き》球《きゅう》に乗《の》って

街《まち》の倉庫《そうこ》に眠《ねむ》っていた気球《ききゅう》は、古《ふる》ぼけてはいたけれど、十分《じゅうぶん》使用《しよう》可能《かのう》だった。コックカワサキやバンダナワドルディら、街《まち》の住民《じゅうみん》たちが協力《きょうりょく》して、大《おお》きな気球《ききゅう》を広場《ひろば》まで引《ひ》っぱり出《だ》してきた。

「ちょっと、ほころびているところがあるから、つくろっておくね」

バンダナワドルディは針《はり》と糸《いと》を用意《ようい》して、気球《ききゅう》のほころびを直《なお》しにかかった。

ビームが、心配《しんぱい》そうに言《い》った。

「たのんだよ、バンダナ君《くん》。とちゅうで穴《あな》があいたりしたら、ぼくら、まっさかさまだからね」

「だいじょーぶ。ぼく、おさいほうは得意《とくい》なんだ」

バンダナワドルディは器用《きよう》な手《て》つきで、気球《ききゅう》をつくろっていく。

その様子《ようす》を見《み》ながら、メタナイトが言《い》った。

「くれぐれも、油断《ゆだん》のないようにな。私《わたし》が聞《き》いたところによると、天空《てんくう》というのは、恐《おそ》ろしく危険《きけん》な場所《ばしょ》らしいから」

「危険《きけん》……ていうと？」

「地上《ちじょう》の世界《せかい》よりも足場《あしば》が不安定《ふあんてい》で、油断《ゆだん》をすると下界《げかい》にまっさかさまだ。そればかりではない、地上《ちじょう》とはくらべものにならないくらい強《つよ》い敵《てき》がウヨウヨしているという」

「強敵《きょうてき》ぐらい、へっちゃらさ！」

怖《こわ》いもの知《し》らずのハンマーが、たのもしい声《こえ》を上《あ》げた。

「われら、カービィハンターズ。戦《たたか》いは、お手《て》のものだからね！」

「地上《ちじょう》の戦《たたか》いとは、わけがちがうぞ。なんといっても、天空《てんくう》には守護神《しゅごしん》ランディアがいるのだ」

「ランディアが!?　ほんと!?」

カービィは、思《おも》わず大声《おおごえ》を出《だ》してしまった。

メタナイトは、けげんそうに言《い》った。

「ランディアについて、今《いま》から説明《せつめい》するつもりだったのだが。キミは知《し》っているのか」

「え……えっと……うーんと……名前《なまえ》だけ……」

カービィは、もごもごと口《くち》ごもった。

名前《なまえ》だけ、どころではない。ランディアは、カービィにとって、思《おも》い出深《でぶか》い相手《あいて》だった。

マホロアの口車《くちぐるま》に乗《の》せられて向《む》かった、荒涼《こうりょう》の大地《だいち》ハルカンドラ。ランディアは、その地《ち》を守《まも》る神聖《しんせい》な竜《りゅう》だった。

姿《すがた》は一見《いっけん》たけだけしいが、ランディアが牙《きば》をむくのは、聖地《せいち》を侵略《しんりゃく》しようとする者《もの》に対《たい》してだけ。

カービィたちが悪《わる》い心《こころ》を持《も》っているのではないとわかると、ランディアは進《すす》んでチカラを貸《か》してくれた。真《しん》の悪《あく》と戦《たたか》うために。

メタナイトは、仮面《かめん》の下《した》からじっとカービィを見《み》つめた。

「キミは、なんでも知《し》っているのだな。ピンクのカービィ……実《じつ》に、ふしぎだ」

「それほどでもないよ。ぼく、えーと、あちこち旅《たび》してたから、ウワサにくわしいんだ。それだけ！」

カービィは笑《わら》ってごまかした。

メタナイトはそれ以上《いじょう》は追及《ついきゅう》せずに、言《い》った。

「とにかく、ランディアについて話《はな》そう。ランディアというのは、四つの頭《あたま》を持《も》つ竜《りゅう》だ」

カービィハンターズは、色《いろ》めきたった。

「頭《あたま》が四つ!?」

「からだは!?　からだは一つなの!?」

「ああ。通常《つうじょう》はな。ただし……」

メタナイトは説明《せつめい》を続《つづ》けようとしたが、色《いろ》ちがいのカービィたちは大興奮《だいこうふん》。

「頭《あたま》が四つだって！　ケンカにならないのかな⁉」

「食《た》べたいものがバラバラだったりしたら、困《こま》るよね！」

「ラーメン屋《や》さんに行《い》きたいとか、牛丼屋《ぎゅうどんや》さんに行《い》きたいとか、ハンバーガー屋《や》さんに行《い》きたいとか、おすし屋《や》さんに行《い》きたいとか……」

「たいへんだ！　大《おお》ゲンカになっちゃう！」

「だいじょーぶさ。順番《じゅんばん》に全部《ぜんぶ》のお店《みせ》に行《い》って、全部《ぜんぶ》食《た》べればいいんだから」

「あ、そーか！　さすがドクター、頭《あたま》いい！」

キャッキャと笑《わら》いだしたカービィハンターズに、メタナイトがあきれ顔《がお》で言《い》った。

「やれやれ。ランディアは聖《せい》なる竜《りゅう》だぞ。キミらではあるまいし、食《た》べ物《もの》のことぐらいで、そんな騒動《そうどう》になるものか」

「えー。そうかなあ」

「第一《だいいち》、天空《てんくう》にラーメン屋《や》だの牛丼屋《ぎゅうどんや》だのは、ない……おそらくな」

カービィハンターズは、ショックを受《う》けて青《あお》ざめた。

「えっ！　ラーメン屋《や》さんも牛丼屋《ぎゅうどんや》さんもないの⁉」

「ランディアは何《なに》を食《た》べて生《い》きているの!?」

「ぼくら、お弁当《べんとう》を持《も》っていったほうがいい!?」

「……知《し》るか。とにかく、大事《だいじ》な話《はなし》を続《つづ》けるぞ。通常《つうじょう》、ランディアは一つのからだに四つの頭《あたま》を持《も》つ竜《りゅう》だが、危機《きき》がせまると、四体《たい》に分裂《ぶんれつ》するのだ」

「分裂《ぶんれつ》……」

「つまり、最強《さいきょう》のチカラを持《も》つ竜《りゅう》が四匹《ひき》あらわれるということだ。こうなると、ますます手《て》ごわいぞ」

一瞬《いっしゅん》、カービィハンターズはシーンとなった。

「だ、だいじょーぶさ!」

強《つよ》がって声《こえ》を上《あ》げたのは、ハンマーだった。

「ぼくらだって四人《にん》だからね。一人《ひとり》が一匹《ぴき》ずつ竜《りゅう》を倒《たお》せばいいだけじゃないか。楽勝《らくしょう》だよ!」

「そーだそーだ!」

ビームとドクターもうなずいたが、その顔《かお》は少《すこ》しこわばっていた。天空《てんくう》の戦《たたか》いが、想像《そうぞう》以上《いじょう》にきびしいものになると知《し》って、みんな緊張《きんちょう》をかくせない。

カービィは、弱々《よわよわ》しく言《い》った。

「ぼく……ランディアと戦《たたか》うのはイヤだな……」

その小《ちい》さなつぶやきを聞《き》いて、メタナイトは苦笑《くしょう》した。

「フッ。さすがのカービィハンターズも、おじけづいたか」

「なんだって！」

負《ま》けず嫌《ぎら》いのハンマーが、すばやく言《い》い返《かえ》した。

「おじけづいてなんか、いないぞ。早《はや》く戦《たたか》いたくて、ウズウズしてるぐらいだ！」

「ほほう」

「みんなだって、同《おな》じ気《き》もちだよ！」

ビームとドクターはうなずいたが、ピンクのカービィだけは、うつむいたままだった。

「……ソード？　どうしたんだ？　怖《こわ》いのかい？」

三人《にん》の仲間《なかま》たちが、心配《しんぱい》そうにカービィを囲《かこ》んだ。

カービィは答《こた》えた。

「なんとか、戦《たたか》わずにすませたいんだ。ぼく、ランディアと話《はなし》をしてみるよ」

「相手《あいて》は竜《りゅう》だぞ。話《はなし》が通《つう》じるものか」

メタナイトが言《い》ったが、カービィは言《い》い張《は》った。

「話《はな》してみなきゃ、わからないよ。ランディアだけじゃなく、タランザとも話《はな》してみるね。きっと、何《なに》かわけがあると思《おも》うから」

「……ふむ。まあ、好《す》きにするがいいさ」

そのとき、バンダナワドルディが声《こえ》を上《あ》げた。

「できたよ！　これなら、たとえ大風《おおかぜ》が吹《ふ》いたってだいじょーぶ。天空《てんくう》まで飛《と》んでいけるよ」

「ありがとう、バンダナ君《くん》」

街《まち》の住民《じゅうみん》たちが協力《きょうりょく》して、気球《ききゅう》をふくらませた。

カービィたちは、気球《ききゅう》につながれたゴンドラに乗《の》りこんだ。

「行《い》ってらっしゃい！」

「雲《くも》の間《あいだ》から落《お》っこちるなよ！」

街《まち》の住民《じゅうみん》たちの声援《せいえん》を受《う》けて、カービィたちは手《て》を振《ふ》った。

「行《い》ってくるよ」

「かならず、あやつりの魔術師《まじゅつし》を倒《たお》すからね」

カービィハンターズを乗《の》せた気球《ききゅう》は、大地《だいち》をはなれ、天空《てんくう》に向《む》かって高《たか》く舞《ま》い上《あ》がっていった。

6 いざ、天空《てんくう》へ！

カービィたちの目《め》の前《まえ》に、見《み》たこともない風景《ふうけい》が広《ひろ》がっていた。

雲《くも》の平原《へいげん》がどこまでも続《つづ》き、かなたには塔《とう》のような建物《たてもの》がいくつか見《み》える。あたり一面《いちめん》が、あかね色《いろ》の光《ひかり》に照《て》らされ、かがやいていた。

「なんて美《うつく》しいんだろう……」

ビームが、うっとりして言《い》った。

「ぼく、知《し》らなかったよ。いつも見上《みあ》げてたお空《そら》の上《うえ》に、まさか、こんな世界《せかい》があったなんて」

「ぼくも！　びっくりだよ」

「建物《たてもの》があるってことは、住民《じゅうみん》がいるんだね。タランザってヤツは、あそこにいるんじゃないかな」

ビームが、遠《とお》くに見《み》える塔《とう》を指《ゆび》さした。

「行《い》こう」

ピンクのカービィが先頭《せんとう》に立《た》って、歩《ある》き出《だ》した。

四人《にん》の足《あし》もとは、雲《くも》の平原《へいげん》。一歩《ぽ》進《すす》むごとに、ふわふわと足《あし》が沈《しず》みそうになる。

それに、ところどころに雲《くも》の切《き》れ間《ま》があり、うっかりすると、下《した》に落《お》っこちそうだ。

「わっ、あぶないなあ」

重《おも》い武器《ぶき》を引《ひ》きずっていたハンマーが、雲《くも》に足《あし》を取《と》られそうになって、あわてて体勢《たいせい》を立《た》て直《なお》した。

「もし戦《たたか》いになったら、こんな足場《あしば》の悪《わる》いところで走《はし》り回《まわ》らないといけないんだね。うっかり、雲《くも》の切《き》れ間《ま》から落《お》ちないようにしなきゃ……」

ビームがうなずいた。

「ホバリングを使《つか》えば、まっさかさまに落《お》ちることはないけどね。でも、きびしい戦《たたか》いになることは確《たし》かだ」

カービィは言《い》った。

「なるべく戦《たたか》いたくないでしょ。だから、まず、タランザを探《さが》して話《はなし》を……」

カービィが言《い》い終《お》えないうちに、どこからか、バサッバサッという音《おと》が聞《き》こえてきた。

大《おお》きなつばさが、はためく音《おと》だ。

カービィは息《いき》をのんで、上《うえ》を見《み》た。

天空《てんくう》よりさらに上《うえ》の高《たか》みを、すべるように飛《と》ぶ黒《くろ》い影《かげ》が見《み》えた。

「あ、あれは……!」

カービィたちは、思《おも》わず身《み》を寄《よ》せ合《あ》った。

黒《くろ》い影《かげ》は、少《すこ》しずつ高度《こうど》を下《さ》げて近《ちか》づいてくる。

つばさを持《も》つ胴体《どうたい》に、四つの頭《あたま》。

カービィは手《て》を振《ふ》って叫《さけ》んだ。

「ランディアだ! おーい、ランディア! ぼくだよ!」

「だ、だいじょーぶかな? 話《はなし》が通《つう》じるかな?」

ビームが、小声《こごえ》で言《い》った。

ドクターが、うなった。

「ソードを信《しん》じるしかない！」

「すごいや……想像《そうぞう》してたより、ずっと大《おお》きくて、りっぱだ！」

ハンマーは、あぜんとして、口《くち》を開《あ》けた。

つばさを広《ひろ》げ、ゆうゆうと空《そら》をゆくランディア。その勇姿《ゆうし》は、まさしく、天空《てんくう》を守《まも》る守《しゅ》護神《ごしん》そのもの。

ランディアは、カービィたちの頭上《ずじょう》で一度《ど》大《おお》きくせん回《かい》し、舞《ま》いおりてきた。

つばさがはためくたびに、ゴォゴォと音《おと》を立《た》てて強風《きょうふう》が吹《ふ》き荒《あ》れる。カービィたちは、風《かぜ》に飛《と》ばされないよう、必死《ひっし》にふんばらなければならなかった。

「だ、だ、だいじょーぶかな……」

カービィたちは、しっかり抱《だ》き合《あ》って身《み》を守《まも》りながら、ささやき合《あ》った。

「な、なんだか、ものすごい敵意《てきい》を感《かん》じるんだけど……」

「気《き》のせい、気《き》のせい！」

カービィは、声《こえ》を張《は》り上《あ》げた。

「やっほー、ランディア。ぼくら、タランザに会《あ》いにきたんだ。タランザがどこにいるか、知《し》ってる……？」

しかし、ランディアは話《はなし》に応《おう》じようとはしなかった。

四つの頭《あたま》を低《ひく》く下《さ》げ、カービィたちめがけて急降下《きゅうこうか》！

「わあああ！」

カービィたちは、転《ころ》がってかわすのが精一杯《せいいっぱい》だ。

さいわい、足《あし》もとはふわふわの雲《くも》なので、いくら転《ころ》んでもケガは軽《かる》い。

「ランディア！　話《はなし》を聞《き》いてよ！　ぼく、戦《たたか》いたくないんだ！」

カービィは逃《に》げ回《まわ》りながら叫《さけ》んだが、ランディアの荒々《あらあら》しいおたけびが、カービィの声《こえ》をかき消《け》した。

四つの頭《あたま》がそれぞれ大《おお》きく口《くち》を開《あ》け、凶暴《きょうぼう》な声《こえ》を上《あ》げている。

つばさが巻《ま》き起《お》こす強風《きょうふう》は、するどい刃《やいば》となって、カービィたちに襲《おそ》いかかった。

あわや、四人《にん》が刃《やいば》に切《き》り裂《さ》かれそうになった瞬間《しゅんかん》——。

「**ヒーローシールド！**」

カービィはとっさに剣《けん》をかかげ、仲間《なかま》たちを守《まも》った。

透明《とうめい》な壁《かべ》が、風《かぜ》の刃《やいば》をはじく。

それを見《み》たランディアは、いらだたしげな声《こえ》を上《あ》げた。

ドクターが叫《さけ》んだ。

「ソード、話《はな》し合《あ》いは決裂《けつれつ》した。戦《たたか》うぞ！」

「でも……」

「迷《まよ》ってるひまはないんだ！　見《み》ればわかるだろう！」

ドクターの言《い》うとおりだった。

ランディアは、話《はな》し合《あ》えるような状態《じょうたい》ではない。たけりくるって、カービィたちに襲《おそ》いかかってくる。

このままでは、やられっぱなしだ。

カービィは、チカラをこめて、ユニコーンソードをにぎり直《なお》した。

「わかった！　戦《たたか》うよ！」

「よーし、行《い》くぞ！」

まず、ハンマーが飛《と》び出《だ》していった。

しかし、重《おも》い武器《ぶき》のせいで、ハンマーは飛《と》び上《あ》がることができない。高《たか》いところを飛《と》んでいるランディアには届《とど》かなかった。

「ぼくが、ランディアをおびき寄《よ》せるよ！」

カービィは剣《けん》を振《ふ》って、身軽《みがる》にジャンプした。

ランディアにすばやく斬《き》りつけ、反撃《はんげき》を食《く》らう前《まえ》に飛《と》びのく。

ちょこまかと動《うご》きながら、ランディアをさそいこむ。

ランディアはカービィの動《うご》きを追《お》って、高度《こうど》をぐっと下《さ》げた。

ハンマーは、そのタイミングを狙《ねら》っていた。

「えーい！　**ジャイアントスイング！**」

重《おも》い武器《ぶき》をなぎ払《はら》うように振《ふ》って、ランディアに一撃《いちげき》をおみまいする。

強烈《きょうれつ》な打撃《だげき》を食《く》らって、ランディアは雲《くも》の上《うえ》に墜落《ついらく》した。

そこに、ビームの攻撃《こうげき》がさく裂《れつ》！

ランディアは苦《くる》しげに身《み》をよじると、八つの目《め》を赤《あか》く光《ひか》らせた。

「来《く》るぞ！」

ドクターが叫《さけ》ぶ。

と同時《どうじ》に、ランディアのからだが四つに分《わ》かれた。

メタナイトが忠告《ちゅうこく》したとおり。ダメージを食《く》らったランディアが、四体《たい》に分裂《ぶんれつ》したのだ。

四匹《ひき》のランディアはいっせいに舞《ま》い上《あ》がり、カービィハンターズひとりひとりめがけて、突《つ》っこんできた。

「わあああ！」

全員《ぜんいん》が攻撃《こうげき》を食《く》らって、ふっ飛《と》ばされた。

「ヒーリングエリア！」

ドクターがすばやく薬品《やくひん》を調合《ちょうごう》し、みんなを回復《かいふく》する。

二匹《ひき》のランディアが、ドクターをはさみ撃《う》ちにしようと狙《ねら》っていた。

気《き》づいたカービィは、剣《けん》を水平《すいへい》にかまえて猛《もう》ダッシュ！

「ドリルソード！」

一匹《ぴき》のランディアに、思《おも》いっきり突《つ》っこんでいった。

攻撃《こうげき》は、みごとにヒット。斬《き》りつけられたランディアは、悲鳴《ひめい》のような声《こえ》を上《あ》げた。

と——カービィの目《め》の前《まえ》に、ふしぎな物《もの》が転《ころ》がり落《お》ちてきた。

「……あれ？　なんだろ、これ」

カービィは一瞬《いっしゅん》、戦《たたか》いをわすれて、落《お》ちてきた物《もの》をひろい上《あ》げた。

それは、古《ふる》びた石板《せきばん》だった。

ざらざらした表面《ひょうめん》に、文字《もじ》のようなものが刻《きざ》まれているが、カービィには読《よ》めない。

ただ、石板《せきばん》から強《つよ》いチカラが流《なが》れこんでくるのを感《かん》じた。

戦《たたか》いの疲《つか》れをいやしてくれるような……心《こころ》を軽《かる》くしてくれるような……。

「なんだろ、これ？　ランディアが落《お》としたのかなあ……？」

「ソード！　ぼんやりするな！」

ビームのするどい声《こえ》が飛《と》ぶ。

カービィはあわてて顔《かお》を上《あ》げた。

ランディアが、カービィの真上《まうえ》で、炎《ほのお》をはき出《だ》そうとしている。ビームはそれを止《と》めようと、杖《つえ》を振《ふ》りかざしていた。

「ありがと、ビーム！」

「よそ見《み》をしてちゃダメだよ。集中《しゅうちゅう》、集中《しゅうちゅう》！」

ビームの攻撃《こうげき》がヒットした。

すると、また、もう一枚《まい》。

石板《せきばん》が、ビームの足《あし》もとに転《ころ》がり落《お》ちてきた。

「ん？　なんだ、これ？」

ビームも石板《せきばん》をひろい上《あ》げて、じっと見入《みい》った。

ランディアの攻撃《こうげき》は続《つづ》いている。ドクターとハンマーが、駆《か》けよってきた。

「ソード、ビーム！　二人《ふたり》とも、何《なに》やってるの！」

「よそ見《み》をするなよ！」

「う、うん。ごめん！」

「ここは、ぼくにまかせろ！　うりゃあああ！」

ハンマーが武器《ぶき》を振《ふ》り上《あ》げ、強烈《きょうれつ》な一撃《いちげき》を放《はな》った。

すると、また……。

三枚目《まいめ》の石板《せきばん》が飛《と》び出《だ》してきた。

「あれ？　何《なに》、これ？」

ハンマーも、石板《せきばん》に気《き》を取《と》られている。

ドクターが、腹《はら》を立《た》てて、フラスコを振《ふ》り回《まわ》した。

「もう、ハンマーまで！　しっかりしてよ！　そんなものに、かまってる場合《ばあい》じゃないよ！」

「でも、ドクター。これ、見《み》てよ。何《なに》か書《か》いてあるんだ」

「そんなの、後《あと》にして！」

話《はな》している間《あいだ》にも、ランディアたちは攻《せ》めてくる。

「わっ！　わわっ！」

カービィは、とにかく自分《じぶん》がおとりになろうと、ランディアの目《め》の前《まえ》を走《はし》り回《まわ》った。

四匹《ひき》のランディアたちの目《め》が、カービィに引《ひ》きつけられる。

ドクターはそのスキを逃《のが》さず、手早《てばや》く薬《くすり》を調合《ちょうごう》した。

「食《く》らえ！　**やくざいふんむ！**」

真上《まうえ》を飛《と》ぶランディアめがけて、どくどくしい色《いろ》の薬《くすり》をふきつける。

薬《くすり》が目《め》に入《はい》ったらしく、ランディアはバランスを崩《くず》して落下《らっか》した。

と同時《どうじ》に、またしても、石板《せきばん》が飛《と》び出《だ》してくる。

「あ、また石板《せきばん》……」

カービィがひろい上《あ》げようとしたが、ドクターがすばやく横《よこ》から手《て》をのばした。

「こんなものに気《き》を取《と》られちゃダメだよ。戦《たたか》いの真《ま》っ最中《さいちゅう》なんだからね！」

ドクターは石板《せきばん》を投《な》げ捨《す》てようとしたが――。

その瞬間《しゅんかん》、カービィたちが手《て》にした石板《せきばん》が、かがやき出《だ》した。

「え……!?　何《なに》、これ……!?」

ドクターが、ぎょっとしたように叫《さけ》んだ。

四枚《まい》の石板《せきばん》が、強《つよ》い光《ひかり》を放《はな》っている。まるで、たがいに呼《よ》び合《あ》っているかのように。

カービィは、とっさに石板《せきばん》を高《たか》くかかげた。

なぜかは、わからない。ただ、石板《せきばん》にみちびかれるように、自然《しぜん》にからだが動《うご》いていた。

言葉《ことば》にしなくても、心《こころ》は一つ。ビームも、ハンマーも、ドクターも、同《おな》じポーズを取《と》った。

石板《せきばん》の光《ひかり》はまっすぐ上空《じょうくう》へ伸《の》びていく。高《たか》く、遠《とお》く――宇宙《うちゅう》のかなたにまで。

四本《ほん》の光線《こうせん》は重《かさ》なり合《あ》うと、超巨大《ちょうきょだい》な光球《こうきゅう》となった。

光球《こうきゅう》は、まるで宇宙《うちゅう》のかなたではね返《かえ》されたかのように、一直線《いっちょくせん》に戻《もど》ってきた。

急速《きゅうそく》にチカラを増《ま》しながら、突《つ》っこんでくる。

ランディアたちは、逃《に》げようとする余裕《よゆう》さえなかった。

光球《こうきゅう》の直撃《ちょくげき》！

さすがのランディアたちも、四匹《ひき》まとめてなぎ倒《たお》され、動《うご》かなくなってしまった。

光球《こうきゅう》は、ランディアたちを倒《たお》すと、あとかたもなく消滅《しょうめつ》した。

天空《てんくう》は、戦《たたか》いが始《はじ》まる前《まえ》と同《おな》じように、静《しず》かになった。

カービィたちは、ぼうぜんとしていた。何《なに》が起《お》きたのか、さっぱりわからなかった。

「い……今《いま》のは……？」

ビームが、ふるえる声《こえ》でつぶやいた。

「石板《せきばん》のチカラかな？」

「あの石板《せきばん》、何《なん》だったんだろう……？」

カービィは、仲間《なかま》たちからはなれて、ランディアに駆《か》けよった。

「ランディア！　だいじょーぶ？　ごめんね、ぼくたち、戦《たたか》う気《き》はなかったのに……」

カービィが、ランディアに手《て》をふれようとしたとき。

「ああっ。天空《てんくう》の守護神《しゅごしん》まで倒《たお》してしまうとは……恐《おそ》ろしい連中《れんちゅう》なのね！」

あわてたような声《こえ》がした。

カービィがよく知《し》っている声《こえ》だった。

カービィは振《ふ》り返《かえ》り、声《こえ》のぬしと目《め》を合《あ》わせた。

銀色《ぎんいろ》の髪《かみ》と、二本《ほん》のツノ。そして、自在《じざい》に動《うご》く六本《ぽん》の手《て》。

ふわふわと空中《くうちゅう》を漂《ただよ》いながら、カービィを見下《みお》ろしているのは——。

「タランザ！」

カービィは叫《さけ》んだ。

タランザは、不《ふ》きげんそうにそっくり返《かえ》り、カービィをにらみつけた。

「なれなれしく呼《よ》ばないでほしいのね。オマエたちは、たしか、カービィとかいったっけ……」

「ぼくら、タランザに会《あ》いにきたんだよ」

カービィは、タランザを見上《みあ》げてうったえた。

「プププ王国《キングダム》で、たいへんなことが起《お》きているんだ。これまでおとなしかった連中《れんちゅう》が、急《きゅう》に暴《あば》れだして、みんなを困《こま》らせてるんだよ。ひょっとして、タランザ、何《なに》か知《し》ってる

「……？」

「さあ？　なんの話《はなし》か、さっぱりわからないのね。そんなことより……」

ふいに、タランザの目《め》が光《ひか》った。

その目《め》にこめられた怒《いか》りのはげしさに、カービィはたじろいだ。

タランザは、うらみがましい声《こえ》で続《つづ》けた。

「ランディアまで倒《たお》してしまうとは、ゆるせないのね。オマエたちがワタシの計画《けいかく》のじゃまをするなら、容赦《ようしゃ》はしないのね！」

「タランザ……」

「クフフ！」

タランザは六本《ぽん》の手《て》をかかげ、魔力《まりょく》の球《たま》を作《つく》り出《だ》した。

「話《はなし》を聞《き》いて、タランザ！」

カービィの願《ねが》いは、届《とど》かなかった。

タランザは魔力《まりょく》を秘《ひ》めた球《たま》を、次々《つぎつぎ》に投《な》げつけてきた。

「**ヒーローシールド！**」

カービィは、強力《きょうりょく》なバリアで攻撃《こうげき》を防《ふせ》いだ。

ドクターが叫《さけ》んだ。

「ランディアのあとの連戦《れんせん》は、さすがにキツいな！　タランザってヤツの戦法《せんぽう》も、わからないし……」

「タランザは、相手《あいて》をあやつるのが得意《とくい》なんだ」

カービィは、かつてのできごとを思《おも》い出《だ》して言《い》った。

天空《てんくう》の国《くに》の女王《じょおう》クィン・セクトニアに仕《つか》えていたタランザ。彼《かれ》はデデデ大王《だいおう》をあやつって、カービィと戦《たたか》わせたのだ。

「あやつりの術《じゅつ》にかけられたら、たいへんだよ。その前《まえ》に勝負《しょうぶ》をつけなくちゃ！」

「ぼくの出番《でばん》だ！」

叫《さけ》んだのは、ビームだ。

「ぼくの杖《つえ》で、時間《じかん》を止《と》めるよ。みんな、援護《えんご》をお願《ねが》い！」

「わかった！」

カービィたちは四方《しほう》に散《ち》り、タランザの注意《ちゅうい》をそらせる作戦《さくせん》に出《で》た。

「じゃまはさせない……ワタシのじゃまはさせないのね！」

タランザはブツブツとつぶやくと、六本《ぽん》の手《て》を大《おお》きく広《ひろ》げた。

その指先《ゆびさき》から、魔法《まほう》の糸《いと》が放《はな》たれた。

糸《いと》はたちまちからみ合《あ》い、魔法《まほう》の網《あみ》となってカービィたちに襲《おそ》いかかる。

カービィは大声《おおごえ》で叫《さけ》んだ。

「気《き》をつけて！　あれにつかまると、あやつられちゃうよ！」

ビームもドクターも、必死《ひっし》に逃《に》げ回《まわ》る。

だが、動《うご》きのにぶいハンマーが、とらえられてしまった。

「わあああああ！」

からめ捕《と》られたハンマーは、抵抗《ていこう》しようと暴《あば》れまわった。

しかし、魔法《まほう》でできた網《あみ》を破《やぶ》ることはできない。

「クフフ！　オマエもワタシの手駒《てごま》となるのね」

勝《か》ちほこったタランザが、グイッと網《あみ》を引《ひ》こうとした瞬間《しゅんかん》。

ビームが放《はな》ったタイムビームが、タランザに命中《めいちゅう》した。

タランザは、そのポーズのまま固《かた》まってしまった。風《かぜ》も雲《くも》も、すべてが動《うご》きを止《と》めた。

「よし、時間《じかん》を止《と》めたよ。今《いま》のうちに!」

ビームが叫《さけ》ぶ。

ドクターが、ハンマーの救出《きゅうしゅつ》に向《む》かった。

カービィはユニコーンソードをにぎりしめ、空中《くうちゅう》で止《と》まっているタランザを見上《みあ》げた。

「タランザ……どうして……」

もちろん、答《こた》えはない。

人形《にんぎょう》のように動《うご》かないタランザ。その表情《ひょうじょう》は、にくたらしいはずなのに、カービィは心《こころ》をぎゅっとつかまれたような気《き》がした。

「なんだか、さびしそうだよ……」

カービィは、自分《じぶん》までさびしいような気《き》もちになってしまい、剣《けん》を下《お》ろした。

ドクターが叫《さけ》んだ。

「網《あみ》を破《やぶ》ったぞ。ソード、とどめだ!」

「う、うん……」

カービィはうなずき、剣《けん》をにぎり直《なお》した。

タランザは、あやつりの魔術師《まじゅつし》。暴《あば》れん坊《ぼう》たちをあやつって、プププ王国《キングダム》の平和《へいわ》を乱《みだ》した張本人《ちょうほんにん》なのだ。

見《み》のがすことはできない。

「タランザ、もう、みんなを困《こま》らせないでね！」

カービィは思《おも》いきって、ジャンプした。

空中《くうちゅう》にいる敵《てき》に下《した》からダメージを与《あた》える、たつまき斬《ぎ》り！

命中《めいちゅう》した瞬間《しゅんかん》、タイムビームの効果《こうか》が切《き》れた。

タランザは、あお向《む》けにひっくり返《かえ》った。強烈《きょうれつ》な一撃《いちげき》を食《く》らって、気《き》を失《うしな》っている。

ドクターが言《い》った。

「しばり上《あ》げて、街《まち》に連《つ》れて行《い》こう。なぜ、こんなことをしたのか、話《はなし》を聞《き》くんだ」

「うん！」

カービィたちは、タランザをとらえようと取《と》り囲《かこ》んだ。

と、そのとき。

倒《たお》れていた四匹《ひき》のランディアが、むっくりと首《くび》を持《も》ち上《あ》げた。

さすがは、天空《てんくう》の守護神《しゅごしん》。カービィハンターズとの戦《たたか》いで負《お》ったキズは、ほとんどふさがっている。

ランディアは空中《くうちゅう》で合体《がったい》し、ふたたび、一つのからだに四つの頭《あたま》を持《も》つ姿《すがた》になった。

カービィたちは身《み》がまえたが、もう、ランディアに戦《たたか》う意志《いし》はなさそうだった。

ランディアは一声《ひとこえ》、鳴《な》き声《ごえ》を上《あ》げると、大《おお》きな口《くち》でタランザをくわえた。

「あ、待《ま》て……」

ドクターが止《と》めようとしたが、間《ま》に合《あ》わない。

ランディアは、気《き》を失《うしな》っているタランザをくわえたまま、大《おお》きなつばさをはためかせて、ゆうゆうと飛《と》び去《さ》った。

7 解決《かいけつ》！……してない!?

「それで、それで？　その後《あと》、どうなったんだい？」

コックカワサキが、目《め》をかがやかせて、カウンターに身《み》を乗《の》り出《だ》した。

ビームが答《こた》えた。

「どうってことはないよ。ぼくらはふたたび気球《ききゅう》に乗《の》りこみ、こうして無事《ぶじ》に街《まち》に帰《かえ》ってきたってわけ」

「ぼくが聞《き》いてるのは、ランディアとタランザのことだよ。その後《あと》、どうなったのさ」

天空《てんくう》での戦《たたか》いを終《お》え、街《まち》に帰《かえ》ってきたカービィハンターズは、コックカワサキの酒場《さかば》で疲《つか》れをいやしている。

太《ふと》っ腹《ぱら》なコックカワサキは、カービィハンターズの活躍《かつやく》をたたえるため、今日《きょう》だけは食《た》べ放題《ほうだい》にすると宣言《せんげん》した。

そして、次々《つぎつぎ》にじまんの料理《りょうり》を運《はこ》びながら、カービィたちを質問攻《しつもんぜ》めにしているのだ。

「ランディアがタランザをくわえて飛《と》んで行《い》っちゃったから、その後《あと》のことはわからない。ただ、タランザは当分《とうぶん》、起《お》き上《あ》がれないと思《おも》うよ」

あつあつのローストチキンをほおばりながら、ハンマーが言《い》った。

「ソードの攻撃《こうげき》が決《き》まったからね！　たとえ起《お》き上《あ》がれるようになっても、もう二度《にど》と悪《わる》さはしないだろう」

「そうそう。ぼくらがいる限《かぎ》り、勝《か》ち目《め》はないって、思《おも》い知《し》ったはずさ！」

カービィハンターズは、勝利《しょうり》のよろこびに浮《う》かれている。

その空気《くうき》に水《みず》を差《さ》すように、ひややかな声《こえ》をかけたのは、カウンターの端《はし》の席《せき》に座《すわ》っていたメタナイトだった。

「カービィハンターズのおかげで、プププ王国《キングダム》に平和《へいわ》が戻《もど》った——が、どうやらキミはうれしくないらしいな。ピンクのカービィ」

「え？　う……ううん」

急《きゅう》に呼《よ》ばれて、カービィは答《こた》えにつまった。

メタナイトの言《い》うとおり。さっきから、カービィは話《はなし》の輪《わ》に加《くわ》わらずに、だまりこんでいる。いつも明《あか》るいカービィにしては、めずらしいことだ。

ビームが言《い》った。

「ソードは、タランザってヤツと知《し》り合《あ》いだったんだ。だから、フクザツな気《き》もちになるのは、わかるよ」

「でも、ソードが気《き》に病《や》むことはないよ。たとえ知《し》り合《あ》いでも、悪《わる》いことをしていたら、止《と》めなくちゃ」

「う……ん、わかってる。タランザを止《と》められて、よかったと思《おも》う……けど……」

カービィの心《こころ》は晴《は》れなかった。

タランザの声《こえ》が、表情《ひょうじょう》が、気《き》にかかってしかたない。

――ワタシのじゃまはさせないのね！

何《なに》かに取《と》りつかれたような、暗《くら》い目《め》をしていたタランザ。

彼《かれ》はなぜ、プププ王国《キングダム》の住民《じゅうみん》をあやつって、凶暴化《きょうぼうか》させたりしたのだろう？

彼《かれ》の目的《もくてき》は、何《なん》なんだろう？

ひとまず、タランザを倒《たお》すことはできたが、これですべて解決《かいけつ》したとは思《おも》えない。この事件《じけん》には、まだ何《なに》かウラがありそうな気《き》がしてならない……。

会話《かいわ》がとぎれたところで、ドクターが口《くち》を開《ひら》いた。

「ところで、みんな。あの戦《たたか》いには、一つ、大《おお》きななぞが残《のこ》されている」

ビームが、うなずいた。

「石板《せきばん》のことだよね？」

「そうだ」

ドクターは、仲間《なかま》たちを見回《みまわ》した。

「あの石板《せきばん》がなければ、ぼくらはランディアに勝《か》てなかった。あれは、いったい何《なん》だったんだろう」

「字《じ》が書《か》いてあったけど、読《よ》めなかったね」

「うん。ぼくは、たくさんの文字《もじ》を知《し》ってるけど、あんなのは見《み》たことがない」

ドクターは、メガネを指《ゆび》でクッと押《お》し上《あ》げた。

「あれは、おそらく古代《こだい》の文字《もじ》だと思《おも》う」

「古代《こだい》……？」

「今《いま》では失《うしな》われてしまった、超古代文明《ちょうこだいぶんめい》の文字《もじ》さ。つまり、あの石板《せきばん》は、とてつもなく古《ふる》い時代《じだい》に作《つく》られたものなんだ」

ビームが、食《た》べるのをやめて、考《かんが》えこんだ。

「ランディアが隠《かく》し持《も》っていたんだよね。たぶん、あの大《おお》きなつばさの下《した》に。だから、攻《こう》撃《げき》したら転《ころ》がり落《お》ちてきたんだ」

「ランディアは、あの石板《せきばん》を守《まも》ってたのかな？」

「そうかもしれないし、そうじゃないかもしれない。ぼくが思《おも》うに……」

ドクターが、考《かんが》えを述《の》べようとした時《とき》だった。

酒場《さかば》のドアが開《ひら》き、新《あら》たな客《きゃく》が入《はい》ってきた。

だれであろう、マホロアだ。

マホロアはトコトコとカービィたちのテーブルに走《はし》りよってきて、満面《まんめん》の笑《え》みで言《い》った。

「聞《き》いたヨォ、カービィたち。ランディアとタランザを、やっつけちゃったんだってネエ！　すごいヨォ、さすがカービィハンターズ！」

「ありがとう、マホロア」

ドクターは、話《はなし》をさえぎられてしまって不服《ふふく》そうだったが、顔《かお》には出《だ》さずにマホロアに向《む》き直《なお》った。

「キミの店《みせ》で買《か》った武器《ぶき》が、役《やく》に立《た》ったよ」

「ホントォ!?　よかったァ！　キミたちのタメに、サイコウのソウビをそろえたカイがあったヨォ！」

マホロアはうれしそうに飛《と》び回《まわ》ったあと、急《きゅう》に、がっかりしたようにうなだれた。

「ワルモノたちがタイジされたのはうれしいケド……コレッキリ、カービィハンターズと会《あ》えなくなるのはザンネンだナァ……」

「え？　ぼくらと？」

「ダッテ、もう暴《あば》れん坊《ぼう》たちはいないんだカラ。ハンターの出番《でばん》もナイってことだヨネ！」

マホロアは手《て》を広《ひろ》げた。

「カービィハンターズはカイサン！　キミたち、この街《まち》から出《で》て行《い》っちゃうんだヨネ？」

「そんなことないよ！」

ハンマーがムッとしたように言《い》い返《かえ》した。

「暴《あば》れん坊《ぼう》がいなくなっても、ぼくらの友情《ゆうじょう》は続《つづ》くんだ。カービィハンターズは永遠《えいえん》だよ」

「何《なに》をするノォ？　戦《たたか》う相手《あいて》がいないのニィ」

ビームが答《こた》えた。

「えーと、えーと……困《こま》ってるひとを助《たす》けたり、重《おも》い荷物《にもつ》を持《も》ってあげたりするんだ！」

「そんなコト、カービィハンターズじゃなくてもできるヨォ。ピンクのカービィは、もともと旅人《たびびと》なんだシ、故郷《こきょう》に帰《かえ》らなくてイイノ？」

カービィは、ドキッとした。

この世界《せかい》での冒険《ぼうけん》の日々《ひび》が楽《たの》しくて、つい忘《わす》れそうになっていたけれど、カービィは帰《かえ》らなくてはいけないのだ。元《もと》の世界《せかい》――プププランドへ。

どうすれば帰《かえ》れるのかはわからない。でも、永遠《えいえん》にこの街《まち》にとどまるわけにはいかない。

プププ王国《キングダム》に平和《へいわ》が戻《もど》ったからには、カービィがここにとどまる必要《ひつよう》はない。なんとかして、プププランドに帰《かえ》る方法《ほうほう》を見《み》つけ出《だ》さなければ。

「ソードはもう、旅人《たびびと》じゃない。この街《まち》の住民《じゅうみん》だよ。どこにも行《い》ったりするもんか。ね、ソード」

ハンマーが、カービィの顔《かお》をのぞきこんだ。

自分《じぶん》にそっくりなハンマーの顔《かお》を見《み》たら、胸《むね》がいっぱいになった。

でも、カービィはきっぱり言《い》った。

「ぼく、行《い》かなきゃいけないんだ」

「ソード!?　この街《まち》を出《で》て行《い》くっていうの!?」

「……うん」

「どうして!?　この街《まち》がイヤになったの!?」

「そんなはずないよ！　ぼく、この街《まち》も、みんなのことも、大好《だいす》きだよ」

「だったら……」

「だけど、帰《かえ》らなくちゃいけないんだ。きっと、友《とも》だちが心配《しんぱい》してるから」

カービィは、ワドルディのことを思《おも》い浮《う》かべた。

図書館《としょかん》から急《きゅう》に姿《すがた》を消《け》してしまったカービィを、ワドルディは必死《ひっし》に探《さが》し回《まわ》ったにちがいない。

あれから、ずいぶん長《なが》い月日《つきひ》が流《なが》れてしまった。ワドルディは、今《いま》もカービィを思《おも》い、悲《かな》しみ続《つづ》けているだろうか……。

カービィは、じっとしていられなくなって、イスから飛《と》び下《お》りた。

「ソード！」

仲間《なかま》たちが呼《よ》び止《と》めようとしたが、カービィは言《い》った。

「ちょっと出《で》かけてくるだけだよ。また、後《あと》でね！」

カービィは、急《いそ》いで酒場《さかば》から走《はし》り出《で》た。


カービィが向《む》かったのは、ジェムリンゴの木《き》。

今日《きょう》も、いつものように、バンダナワドルディが番《ばん》をしている。

「あ、カービィ！」

バンダナワドルディは、元気《げんき》よく手《て》を振《ふ》った。

「聞《き》いたよ！　ワルモノをこらしめてくれたんだってね。これで平和《へいわ》が戻《もど》ってくるって、みんな大《おお》よろこびだよ。さすがはカービィハンターズ！」

「……ありがとう」

バンダナワドルディとも、お別《わか》れの時《とき》が近《ちか》づいている。

そう思《おも》ったら、カービィは悲《かな》しくてたまらなかった。

バンダナワドルディは、すぐに気《き》づいて、たずねかけた。

「どうしたの、カービィ。平和《へいわ》になったのに、うれしくなさそうだね」

「……ぼく、元《もと》の世界《せかい》に帰《かえ》らなきゃ」

カービィは、バンダナワドルディと並《なら》んで、石垣《いしがき》に座《すわ》った。

バンダナワドルディは、カービィの顔《かお》をじーっと見《み》て、言《い》った。

「帰《かえ》る方法《ほうほう》、わかったの？」

「ううん、まだ。それを探《さが》すために、旅《たび》に出《で》ようと思《おも》うんだ」

「そう……」

ふいに、バンダナワドルディの目《め》に、大《おお》つぶの涙《なみだ》が浮《う》かんだ。

「さびしくなっちゃうなあ、キミがいなくなったら！」

バンダナワドルディは、おどけた口調《くちょう》で言《い》って、目《め》をこすった。

「まあ、しょうがないけどね。キミは旅人《たびびと》なんだし」

「……ワドルディ……」

「だいじょーぶ！　だって、あっちの世界《せかい》にも、ぼくと同《おな》じワドルディがいるんでしょ？　だから、ぼくらはずっと仲良《なかよ》し……」

バンダナワドルディは、こらえきれなくなったように、ぽろぽろと涙《なみだ》をこぼした。

「……ううん。いくら顔《かお》がおんなじだって、あっちの世界《せかい》のワドルディは、ぼくとはちがう。ぼくはもう、キミに会《あ》えなくなっちゃうんだ」

バンダナワドルディは、何度《なんど》もしゃくり上《あ》げながら言《い》った。

「ぼく、イヤだよ。さびしいよ。ずっとここにいてほしいよ、カービィ……」

「ワドルディ……」

カービィが、バンダナワドルディの手《て》をそっとにぎった時《とき》だった。

ふいに、騒《さわ》がしい声《こえ》が聞《き》こえてきた。

「お、おい、どうした！」

「しっかりしろ！　何《なに》があったんだ！」

街《まち》のゲートのほうからだ。

カービィとバンダナワドルディは顔《かお》を見合《みあ》わせた。バンダナワドルディの涙《なみだ》は、おどろきのあまり、ひっこんでしまった。

「なんの騒《さわ》ぎだろう？」

「行《い》ってみよう！」

カービィとバンダナワドルディは、ゲートに向《む》かって駆《か》け出《だ》した。

地面《じめん》に転《ころ》がってうめき声《ごえ》を上《あ》げているのは、ブルームハッターだった。

大《おお》きなぼうしをかぶり、愛用《あいよう》のホウキでいつも道《みち》を掃除《そうじ》している働《はたら》き者《もの》だ。

ゴミをポイ捨《す》てするようなヤカラにはガミガミ言《い》うが、それ以外《いがい》の時《とき》はおとなしく、けっしてケンカなどしない性格《せいかく》なのだが……。

その彼《かれ》が、全身《ぜんしん》キズだらけになって、苦《くる》しんでいる。

駆《か》けよった住民《じゅうみん》たちも、あまりのことに、ぼうぜんとするばかりだ。

「どうしたの、ブルームハッター。しっかりして！」

カービィが声《こえ》をかけると、ブルームハッターは、弱々《よわよわ》しく言《い》った。

「やら……れた……」

「だれに！」

「ポイズン……ボロ……ス……」

その名《な》を聞《き》いて、集《あつ》まった住民《じゅうみん》たちはおどろきの声《こえ》を上《あ》げた。

「なんだって！」

「まさか、ヤツが、また……」

ポイズンボロスは、草原地方《そうげんちほう》を根《ね》じろに暴《あば》れ回《まわ》る乱暴者《らんぼうもの》。

以前《いぜん》は、いつも沼《ぬま》にひそんでいるだけで、悪《わる》さなどしなかったという。だが、プププ王国《キングダム》が荒《あ》れ始《はじ》めてからは、沼《ぬま》からはい出《だ》して旅人《たびびと》を襲《おそ》うようになった。

大《おお》きな口《くち》から毒液《どくえき》をはき、巨体《きょたい》でのしかかるように攻撃《こうげき》してくる。これまでに、被害《ひがい》にあった者《もの》は、数知《かずし》れない。

ナックルジョーが、こぶしをふるわせて言《い》った。

「あいつめ……なんて、ひどいことを！」

「でも……」

スパーキーが、オロオロしながら言《い》った。

「暴《あば》れん坊《ぼう》たちをあやつってた黒幕《くろまく》は、カービィハンターズがやっつけたんじゃなかったの？　ボク、そう聞《き》いたんだけど」

住民《じゅうみん》たちは、いっせいにうなずいた。

ちょうどそこへ、騒《さわ》ぎに気《き》づいたドクター、ビーム、ハンマーが駆《か》けつけてきた。

住民《じゅうみん》たちは、ワッとカービィハンターズを取《と》り囲《かこ》んだ。

「黒幕《くろまく》は、キミたちが倒《たお》したんじゃなかったの⁉」

「みんな、よろこんでたのに……ウソだったの⁉」

カービィハンターズは、もみくちゃにされそうになった。

騒《さわ》ぎたてるみんなをだまらせたのは、ドクターだった。

「静《しず》かに！　まずは、ブルームハッターの手当《てあ》てが先《さき》だよ」

みんな、口《くち》を閉《と》じて、手当《てあ》てにあたるドクターを見守《みまも》った。

ドクターは、ブルームハッターのケガに薬《くすり》をぬり、包帯《ほうたい》を巻《ま》きながら、たずねた。

「くわしく話《はな》して。何《なに》があったの？」

「ひどいんだよ」

薬《くすり》のおかげで、だいぶんラクになったらしい。ブルームハッターは、ようやくおちつきを取《と》り戻《もど》して、話《はな》し始《はじ》めた。

「キミたちが黒幕《くろまく》を退治《たいじ》して、暴《あば》れん坊《ぼう》どもがおとなしくなったって聞《き》いたからさ、ボク

は安心《あんしん》して出《で》かけたんだ。となり街《まち》に住《す》んでる友《とも》だちに会《あ》うためにね。ところが、沼地《ぬまち》のそばを通《とお》りかかったとき……」

ブルームハッターは、ぼうしが転《ころ》げ落《お》ちそうなほど、からだをふるわせた。

「あいつが飛《と》び出《だ》してきたんだ！　ボクは一瞬《いっしゅん》だけビクッとしたけど、すぐに思《おも》い直《なお》した。そうだ、カービィハンターズが平和《へいわ》を取《と》り戻《もど》してくれたんだっけ。ポイズンボロスだっておとなしくなったはずだ……って。それで、声《こえ》をかけたんだ。『やあ、ポイズンボロス。気分《きぶん》はどう？』って。そしたら……」

ブルームハッターは、ホウキをかかげて見《み》せた。

「あいつ、ボクに向《む》かって、いきなり毒《どく》のかたまりをはき出《だ》したんだ。あわてて飛《と》びのいたけど、大事《だいじ》なホウキにかかって、ホウキがドロッと溶《と》けちゃったんだよ。ほら、見《み》て」

なるほど、ホウキの穂先《ほさき》が緑色《みどりいろ》にそまって、一部《いちぶ》が溶《と》けている。

話《はなし》に耳《みみ》をかたむけていた住民《じゅうみん》たちが、口々《くちぐち》に言《い》った。

「なんて、恐《おそ》ろしい！」

「オマエ、ヤツを怒《おこ》らせるようなことを言《い》ったんじゃないか？『や〜い、このドクドク野郎《やろう》〜』とか」

「ボクがそんなこと言《い》うはずないじゃないか！　ただ、あいさつをしただけなのに、いきなり襲《おそ》われたんだよ」

ブルームハッターは、深《ふか》く息《いき》を吸《す》いこんだ。

「命《いのち》からがら、逃《に》げ出《だ》したんだ。途中《とちゅう》で、何度《なんど》も追《お》いつかれそうになった。夢中《むちゅう》で走《はし》って、転《ころ》びまくって、こんなにキズだらけになっちゃったんだ。逃《に》げきれてよかった！」

「けどよォ、それじゃ……」

バーニンレオが、腹立《はらだ》たしげにどなった。

「まったく、元《もと》のとおりじゃねえか！　黒幕《くろまく》が倒《たお》されて、暴《あば》れん坊《ぼう》どもは正気《しょうき》に返《かえ》ったんじゃなかったのかよ。プププ王国《キングダム》が平和《へいわ》になったなんて、ウソだったのかよ」

「どうなんだ、カービィハンターズ！」

住民《じゅうみん》たちはまた、カービィハンターズを取《と》り囲《かこ》んだ。

もちろん、カービィたちにだって、何《なに》がどうなっているのかわからない。

たしかにタランザを倒《たお》したのに……なぜ、暴《あば》れん坊《ぼう》たちが静《しず》まらないのだろう？

「……まだ、あやつりの術《じゅつ》のなごりが少《すこ》し残《のこ》っているのかもしれないね」

ビームが、しどろもどろに言《い》った。

「だけど、少《すこ》しずつ効果《こうか》がうすれていくはずだ。ポイズンボロスだって、もう何日《なんにち》かたてば、きっとおとなしくなると思《おも》うよ」

みんな、疑《うたが》わしそうな顔《かお》をしている。

ビーム本人《ほんにん》も、自分《じぶん》の言葉《ことば》に自信《じしん》がなさそうだった。

ドクターが言《い》った。

「とにかく、様子《ようす》を見《み》よう。あやつりの魔術師《まじゅつし》は、たしかにぼくらが倒《たお》したけど、まだ油断《ゆだん》は禁物《きんもつ》。みんな、街《まち》の外《そと》に出《で》る時《とき》は気《き》をつけて」

街《まち》の住民《じゅうみん》たちは、不安《ふあん》そうな顔《かお》を見合《みあ》わせた。


次《つぎ》の日《ひ》も、その次《つぎ》の日《ひ》も、そのまた次《つぎ》の日《ひ》も。

暴《あば》れん坊《ぼう》たちは、おとなしくなるどころか、ますますいきおいを増《ま》して暴《あば》れ回《まわ》った。

毎日《まいにち》、被害者《ひがいしゃ》が街《まち》に運《はこ》びこまれてくる。みんな、草原《そうげん》を歩《ある》いているところを急《きゅう》に襲《おそ》われたということだった。

「話《はなし》なんか、通《つう》じやしないよ！」

襲《おそ》われた旅人《たびびと》たちの話《はなし》は、いずれも同《おな》じだった。

「ものも言《い》わずに、襲《おそ》いかかってくるんだ。うつろな目《め》をして、ぎこちない動《うご》きで……まるで、何《なに》かにあやつられてるみたいにね」

街《まち》の住民《じゅうみん》たちは、おびえ、外出《がいしゅつ》をなるべく控《ひか》えている。

おとずれる旅人《たびびと》の数《かず》も、日《ひ》に日《ひ》に減《へ》っていった。

このままでは、街《まち》はさびれる一方《いっぽう》だ。


「――タランザ退治《たいじ》が失敗《しっぱい》に終《お》わったと考《かんが》えるしかない」

カービィハンターズは、コックカワサキの酒場《さかば》で、作戦会議《さくせんかいぎ》の真《ま》っ最中《さいちゅう》。

中心《ちゅうしん》になって話《はなし》を進《すす》めているのは、ドクターだ。

ハンマーが口《くち》をとがらせた。

「なんでかなー。あのとき、たしかに、やっつけたよね？」

「うん。あいつ、気《き》を失《うしな》って、ぐったりしてた。あれじゃ、回復《かいふく》するのに何日《なんにち》もかかると思《おも》ったのに」

「よっぽど腕《うで》のいいお医者《いしゃ》さんにかかったのかな？　それで、あっというまに回復《かいふく》したのかな？」

「ぼくが思《おも》うに――」

ドクターは重々《おもおも》しく言《い》った。

「タランザは、やられたフリをして、ぼくらをだましたんじゃないだろうか」

「そうは思《おも》えないけどなあ」

ビームが、うなった。

「ソードの攻撃《こうげき》はすごかったよ。あれをまともに食《く》らったんだ。やられたフリをする余裕《よゆう》なんて、あるはずないよ」

「ソードはどう思《おも》う？」

たずねられて、カービィはあの戦《たたか》いを思《おも》い返《かえ》しながら答《こた》えた。

「ぼくも、やられたフリじゃないと思《おも》う。タランザは、そんなことしないんじゃないかな……」

「だったら、どういうことなんだろう？」

「あれこれ言《い》ってても、しかたない！」

ハンマーが叫《さけ》んだ。

「タランザがまだ暴《あば》れん坊《ぼう》たちをあやつっているなら、また戦《たたか》って、倒《たお》すだけさ！」

「……ソードはどうする？」

ドクターが、カービィの顔《かお》を見《み》た。

「キミ、この街《まち》を出《で》ていくって言《い》ってたよね。どうするの？」

「もちろん、みんなといっしょに戦《たたか》うよ！」

カービィは迷《まよ》わずに答《こた》えた。

「ぼくが旅《たび》に出《で》ることにしたのは、プププ王国《キングダム》が平和《へいわ》になったと思《おも》ったからだよ。そうじゃないとわかったら、戦《たたか》いを続《つづ》けなくちゃ」

「よかった！　ぼく、心配《しんぱい》してたんだ！」

ハンマーが、カービィに飛《と》びついた。

「キミが出《で》ていっちゃうんじゃないかと思《おも》って！」

「ソードがいないと、ぼくらの戦力《せんりょく》がいちじるしく低下《ていか》してしまうからね」

そっけなく言《い》ったドクターを、ビームがからかった。

「戦力《せんりょく》のためだけじゃないだろ、ドクター。ソードがいなきゃ、さびしいんだよね」

「ぼ、ぼくは、べつに……」

「正直《しょうじき》に言《い》いなよ。また、いっしょに戦《たたか》えて、うれしいって」

「ま、まあ、それはそれとして」

ドクターは、せきばらいをした。

「ぼくが気《き》にかかっていたのは、あの石板《せきばん》のことなんだ」

「ああ、あの、ランディアを倒《たお》した時《とき》の……」

「そうだ。あれから、じっくり考《かんが》えてみたんだけど」

ドクターは、仲間《なかま》たちの顔《かお》を見回《みまわ》した。

「石板《せきばん》は四枚《まい》あった。そして、四枚《まい》がそろったとき、突然強《とつぜんつよ》い光《ひかり》を放《はな》って、すさまじいチカラを発揮《はっき》した」

「うん。びっくりしちゃった！」

「これは、ぼくの想像《そうぞう》なんだけど……」

ドクターは、声《こえ》をひそめた。

「あの石板《せきばん》には、古代《こだい》の勇者《ゆうしゃ》たちの思《おも》いが秘《ひ》められていたんじゃないかと思《おも》うんだ」

「古代《こだい》の勇者《ゆうしゃ》？」

「うん。石板《せきばん》に宿《やど》った勇者《ゆうしゃ》たちのタマシイが、ぼくたちの願《ねが》いに反応《はんのう》して、チカラを貸《か》してくれたんじゃないかな」

カービィは、石板《せきばん》を手《て》にした時《とき》のことを思《おも》い出《だ》した。

書《か》かれた文字《もじ》は読《よ》めなかったけれど、石板《せきばん》から強《つよ》いチカラが流《なが》れ出《だ》してきて、カービィをはげましてくれたような気《き》がした。

あれが……古代《こだい》の勇者《ゆうしゃ》の思《おも》い……？

「まあ、何《なに》も証拠《しょうこ》はないし、ぼくの想像《そうぞう》にすぎないけど」

ドクターは照《て》れかくしのように言《い》って、カービィの顔《かお》を見《み》た。

「ぼくら四人《にん》がそろわなければ、きっと石板《せきばん》は反応《はんのう》しなかったと思《おも》う。つまり、あのすさまじいパワーは、ぼくらの友情《ゆうじょう》のあかし！」

ドクターは、テーブルをたたいて続《つづ》けた。

「空《そら》のかなたから降《ふ》り注《そそ》いだあの光《ひかり》の球《たま》を、ぼくは『フレンドメテオ』と名《な》づけようと思《おも》うのだ！」

「ふれんどめてお？」

「うん！　ぼくらの友情《ゆうじょう》から生《う》まれたものだからね。宇宙《うちゅう》のかなたから降《ふ》り注《そそ》ぐ隕石《いんせき》のことを、メテオっていうんだ。友情《ゆうじょう》のメテオ、つまりフレンドメテオさ」

ビーム、ハンマー、そしてソードのカービィは顔《かお》を見合《みあ》わせた。

カービィは、よくわからなかったけれど、片手《かたて》を上《あ》げた。

「いいと思《おも》う！　かっこいいから！」

それを見《み》たビームとハンマーも、同《おな》じように片手《かたて》を上《あ》げた。

「うん！　いいと思《おも》う！」

「よくわかんないけど、いいと思《おも》う！　フレンドメテオ！」

「よし、決《き》まりだ」

ドクターは、満足《まんぞく》そうにうなずいた。

「次《つぎ》なる戦《たたか》いは、この間《あいだ》よりも、もっときびしいものになるだろう。ぜったいに、フレンドメテオが必要《ひつよう》だ。つまり……」

ドクターは、おごそかに告《つ》げた。

「四人《にん》がチカラを合《あ》わせ、石板《せきばん》を集《あつ》めなければ、ぼくらに勝《か》ち目《め》はないってことだ。それで、心配《しんぱい》してたんだよ。ソードが抜《ぬ》けてしまったら、フレンドメテオは発動《はつどう》できないからね」

「なるほど」

ビームがうなずいて、カービィを見《み》た。

「でも、もう心配《しんぱい》いらないね。ソードはぼくらといっしょに戦《たたか》うって決《き》めたんだから」

「そうだよ！　また、石板《せきばん》を集《あつ》めてフレンドメテオを使《つか》おう！」

カービィが張《は》り切《き》って叫《さけ》んだとき。

酒場《さかば》のドアが開《ひら》き、マホロアが入《はい》ってきた。

「ヤア、カービィたち。聞《き》いテ、聞《き》いテ。すごいジョウホウがあるンダ！」

マホロアは興奮《こうふん》した様子《ようす》で近《ちか》づいてきて、カービィたちといっしょのテーブルについた。

「すごいジョウホウ？　何《なに》？」

「北《きた》のハテの平原《へいげん》ニ、フシギなアナがシュツゲンしたんだッテ！」

「フシギなアナ？」

「ナンダカ、最近《さいきん》、アチコチでオカシなコトが起《お》きてるんだヨネ。北《きた》のハテのアナは、ドウヤラ、異世界《いせかい》につながってルらしいンダ。そのアナを通《とお》ッテ、異世界《いせかい》の暴《あば》れん坊《ぼう》が、この世界《せかい》にシンニュウしてきたんダッテ！」

「なんだって！」

カービィハンターズは顔色《かおいろ》を変《か》えた。

「ただでさえ、暴《あば》れん坊《ぼう》どもの凶暴化《きょうぼうか》がおさまらないのに。この上《うえ》、異世界《いせかい》の暴《あば》れん坊《ぼう》だって!?」

「どんなヤツなんだ、その異世界《いせかい》の暴《あば》れん坊《ぼう》っていうのは」

「リレインバーっていうロボットに乗《の》った、女《おんな》のコなんだッテ。メチャクチャ強《つよ》くテ、そこらへんのハンターたちデハ、手《て》に負《お》えないらしいヨォ」

「リレインバー!?」

カービィは、おどろいて叫《さけ》んだ。

「それ、スージーだよ！　ハルトマンワークスカンパニーの！」

「なんだって？　ソード、知《し》ってるのかい？」

ドクターが、いぶかしげにカービィを見《み》た。

スージーは、以前《いぜん》、プププランドをキカイ化《か》しようとしたハルトマンワークスカンパニーの社長秘書《しゃちょうひしょ》だ。社《しゃ》の技術力《ぎじゅつりょく》で開発《かいはつ》したロボットアーマーに乗《の》りこみ、カービィたちをさんざん苦《くる》しめた。

戦《たたか》いの後《あと》は心《こころ》を入《い》れ替《か》え、プププランドを去《さ》っていたのだが——。

「スージーが、こっちの世界《せかい》にあらわれたの？　どういうことだろう……まさか、スージーもぼくと同《おな》じように、この世界《せかい》に迷《まよ》いこんでしまったのかな……？」

ぶつぶつ言《い》っているカービィを、ビームが心配《しんぱい》そうに見《み》た。

「どうしたんだ、ソード。その暴《あば》れん坊《ぼう》に心当《こころあ》たりがあるの？」

カービィは、仲間《なかま》たちの言葉《ことば》も耳《みみ》に入《はい》らないくらい、考《かんが》えこんでいた。

「スージーが……こっちの世界《せかい》に……異世界《いせかい》に通《つう》じる穴《あな》……あ！　ということは！」

突然《とつぜん》、たいせつなことに気《き》づいて、カービィは飛《と》び上《あ》がった。

スージーが、異世界《いせかい》に通《つう》じる穴《あな》を通《とお》ってやって来《き》たのだとしたら、その穴《あな》を使《つか》えば元《もと》の世界《せかい》に帰《かえ》れるのではないだろうか。

プププランドに戻《もど》る方法《ほうほう》が、やっと見《み》つかった！

「やったあ！　マホロア、その穴《あな》のこと、くわしく教《おし》えて！」

「チョット聞《き》いただけだカラ、くわしいコトはわからないンダ。アナを見《み》たいナラ、急《いそ》いで北《きた》に向《む》かったほうがいいヨォ。急《きゅう》にヒラいたアナだからネ。急《きゅう》にしまっちゃウかもしれないヨ！」

「そっか……！」

カービィは、あわててイスから飛《と》び下《お》りた。

「ぼく、行《い》かなきゃ。穴《あな》がしまっちゃう前《まえ》に！」

「ソード！　どうしたんだ、いきなり」

ビームとハンマーが、カービィの手《て》をつかんで引《ひ》き止《と》めた。

カービィは、手《て》を振《ふ》りほどこうと、じたばたした。

「はなして。さよなら、ビーム、ハンマー、ドクター。ぼく、急《いそ》がなきゃ……！」

「おちつけよ、ソードってば」

ドクターが言《い》った。

「異世界《いせかい》に通《つう》じる穴《あな》が気《き》になるのかい？　だけど、そんなものに関《かか》わってる場合《ばあい》じゃないぞ。タランザを倒《たお》しに行《い》かなきゃ」

「あ……」

カービィは、やっと自分《じぶん》の役割《やくわり》を思《おも》い出《だ》して、座《すわ》り直《なお》した。

けれど、心《こころ》はざわついている。今《いま》、こうしている間《あいだ》にも、プププランドに通《つう》じる穴《あな》が消《き》えてしまうかもしれないのに……。

だまりこんでしまったカービィを見《み》て、ハンマーが言《い》った。

「その女《おんな》の子《こ》の暴《あば》れん坊《ぼう》も、ぼくらがやっつけてやろう。でも、まずはタランザ退治《たいじ》が先《さき》じゃないかな」

カービィは、何《なに》も言《い》えずにうつむいた。

ほんとうは、今《いま》すぐ北《きた》に向《む》かい、穴《あな》に飛《と》びこみたい。

このチャンスを逃《のが》したら、もう永遠《えいえん》に、プププランドに戻《もど》ることができなくなってしまうかもしれないのだ。

けれど、カービィがいなくなってしまったら、フレンドメテオは発動《はつどう》できない。ランディアやタランザという強敵《きょうてき》を倒《たお》すことは、不可能《ふかのう》だろう。

――どうしよう。

カービィは、プププランドのことを思《おも》った。

よく似《に》た住民《じゅうみん》たちが暮《く》らす、よく似《に》た世界《せかい》ではあるけれど、ここはプププランドではない。

プププ王国《キングダム》は良《い》いところだけれど、カービィが帰《かえ》りたいのは、プププランドだった。

――だけど……だけど、ぼくがいなくなったら……。

「ソード？　どうしたっていうんだ」

仲間《なかま》たちは、気《き》がかりそうにカービィを見《み》つめた。

カービィは顔《かお》を上《あ》げ、にこっと笑《わら》った。

「なんでもない！　タランザ退治《たいじ》の作戦《さくせん》をねろうよ！」

いつもどおりのカービィの笑顔《えがお》を見《み》て、仲間《なかま》たちはほっとした顔《かお》になった。

「まったく！　びっくりさせないでよ、ソード」

「急《きゅう》に出《で》ていこうとしたり、だまりこんじゃったりするから、心配《しんぱい》したよ」

「ごめんごめん！」

カービィには、どうしても、できなかった。

仲間《なかま》たちを見捨《みす》て、プププ王国《キングダム》を危機《きき》にさらしたまま、姿《すがた》を消《け》すなんていうことは。

——プププランドに帰《かえ》る方法《ほうほう》は、他《ほか》にもあるかもしれないし！

自分《じぶん》にそう言《い》い聞《き》かせて、カービィは、仲間《なかま》たちとの話《はな》し合《あ》いに戻《もど》った。

ドクターが言《い》った。

「もう一度《いちど》、天空《てんくう》へ行《い》ってみよう。その前《まえ》に、装備《そうび》を強化《きょうか》しておいたほうがいいな。手《て》に入《はい》るかぎり、いちばん強《つよ》い装備《そうび》をととのえておかないと……」

「それナラ、ボクにおまかせダヨォ！」

マホロアがニコニコして言《い》った。

「サイキョウのソウビといえバ、プラチナセット！　世界《せかい》ジュウどこを探《さが》してモ、これより強《つよ》いソウビはないンダ。強《つよ》い敵《てき》と戦《たたか》うナラ、ゼッタイにゼッタイにヒツヨウだヨォ！」

「よし、それを買《か》おう」

カービィたちは、うなずいた。

「いくら？」

「お安《やす》くしとくヨォ。ホントは、ジェムリンゴ百個《こ》デモ足《た》りないんだケド、特別《とくべつ》サービス！　九十九個《こ》でいいヨォ！」

「九十九個《こ》……!?」

そんなに大量《たいりょう》のジェムリンゴなんて、だれも持《も》っていない。

マホロアは、ウキウキした顔《かお》で続《つづ》けた。

「武器《ぶき》がジェムリンゴ九十九個《こ》、防具《ぼうぐ》もおんなじダヨ。合《あ》わせて、百九十八個《こ》！　トッテモお買《か》いドク！」

「ひや、百九十八個《こ》……」

四人《にん》とも、気《き》が遠《とお》くなりそうだった。

ビームが、ふらふらしながら言《い》った。

「……みんな、ジェムリンゴいくつ持《も》ってる？」

「ぼくは、昨日《きのう》使《つか》っちゃったばかりだから……八個《こ》しかないよ」

「ぼくは七個《こ》」

「ぼくは十個《こ》だよ」

カービィたちは、頭《あたま》をかかえた。

「ムリだよ！　百九十八個《こ》なんて！」

「そうカァ。ならバ、今《いま》のソウビで戦《たたか》うしかないネェ。タイヘンだけド、がんばっテ、カービィハンターズ！」

マホロアは、クスクスと笑《わら》った。

――そのとき。

「**待《ま》った！**」

大声《おおごえ》とともに、酒場《さかば》のドアが開《ひら》いた。

入《はい》ってきたのは、住民《じゅうみん》たちの一団《いちだん》だった。

先頭《せんとう》に立《た》っているのは、バンダナワドルディ。その後《うし》ろに、バーニンレオやナックルジョー、ブルームハッターらがそろっている。

バンダナワドルディは、キリッとした顔《かお》でカービィたちに近《ちか》づいてきて、言《い》った。

「お話《はなし》は、聞《き》かせてもらったよ！」

「えっ。いつのまに……」

「みんなの声《こえ》が大《おお》きいから、外《そと》にいても聞《き》こえたんだ。とにかく、ジェムリンゴのことだけど」

バンダナワドルディは、マホロアを見《み》た。

「ジェムリンゴは街《まち》のみんなのものだから、みんなに公平《こうへい》に配《くば》らなきゃいけないんだ。カービィたちだけに、たくさん分《わ》けてあげるわけにはいかない」

「だよネェ。ヒイキは、いけないもんネ！」

「だけど！」

バーニンレオが、バンダナワドルディを押《お》しのけて前《まえ》に出《で》た。

「オレのぶんを、カービィたちにプレゼントしてやるぜ。それなら、文句《もんく》ないだろ！」

「……え!?」

カービィたちは、びっくりした。

バーニンレオに続《つづ》いて、集《あつ》まった住民《じゅうみん》たちが口々《くちぐち》に叫《さけ》んだ。

「ボクのぶんも、カービィハンターズにあげるよ！」

「ボクもだ。今《いま》、二十個持《こも》ってるから、全部《ぜんぶ》あげる！」

わいわいと、大《おお》さわぎ。

バンダナワドルディが、声《こえ》を張《は》り上《あ》げた。

「みんなのジェムリンゴを合《あ》わせれば、百九十八個《こ》かける四人《にん》ぶん、七百九十二個《こ》のジェムリンゴをそろえられる！　マホロア、これでいいでしょ？」

マホロアは、たじろいだ。

「エ……エエ……!?　みんナ、ホンキ!?　ダイジなジェムリンゴを、タダであげちゃうノオ……？」

「みんな、カービィハンターズに願《ねが》いをたくしているんだ」

バンダナワドルディの言葉《ことば》に、住民《じゅうみん》たちはうなずいた。

「また、以前《いぜん》のように平和《へいわ》なプププ王国《キングダム》を取《と》り戻《もど》したいんだ」

「オイラは戦《たたか》えないけど、カービィハンターズにチカラを貸《か》すことはできる！」

「がんばれ、カービィハンターズ！」

住民《じゅうみん》たちに囲《かこ》まれて、四人《にん》は目《め》をぱちぱちさせた。

ハンマーが、飛《と》び上《あ》がって叫《さけ》んだ。

「みんな、ありがとう！　ぼくら、かならずタランザをやっつけて、プププ王国《キングダム》を元《もと》どおりにするよ！」

ビーム、ドクター、そしてソードのカービィも、力強《ちからづよ》くうなずいた。

「まかせて。ぜったいに、みんなの願《ねが》いをかなえるからね」

四人《にん》は片手《かたて》を突《つ》き上《あ》げ、声《こえ》をそろえた。

「われら——**カービィハンターズ!**」

8 天空《てんくう》の大決戦《だいけっせん》！

カービィたちはふたたび気球《ききゅう》に乗《の》り、天空《てんくう》にやって来《き》た。
気球《ききゅう》から降《お》りた四人《にん》は、言葉《ことば》もなく立《た》ちつくしてしまった。
天空《てんくう》の光景《こうけい》は、前回《ぜんかい》おとずれた時《とき》から、激変《げきへん》していた。
美《うつく》しいあかね色《いろ》にそめられていた雲《くも》が、まがまがしい灰褐色《はいかっしょく》に変《か》わっている。
遠《とお》くに見《み》える建物《たてもの》は、何千年《なんぜんねん》もの時《とき》を経《へ》たように、荒《あ》れ果《は》てていた。
「これは……どうして……」
カービィハンターズは、ぼうぜんとして歩《ある》き出《だ》した。
四人《にん》が身《み》につけているのは、街《まち》のみんなのジェムリンゴを合《あ》わせて買《か》った、最高級《さいこうきゅう》のプラチナセット。

実《じつ》を言《い》うと、この武器《ぶき》や防具《ぼうぐ》を初《はじ》めて見《み》た時《とき》の四人《にん》の反応《はんのう》は、あまり良《よ》くなかった。

武器《ぶき》も防具《ぼうぐ》も、まばゆいくらいに光《ひか》りかがやき、大《おお》つぶの宝石《ほうせき》がはめこまれている。

あまりに美《うつく》しすぎて、実戦向《じっせんむ》きとは思《おも》えなかったのだ。

こんな美術品《びじゅつひん》みたいな武器《ぶき》や防具《ぼうぐ》じゃ戦《たたか》えない、もっとじょうぶな装備《そうび》がほしい……と
うったえたカービィハンターズに、マホロアは説明《せつめい》した。

「プラチナセットのスバラシサは、見《み》た目《め》だけじゃないんダヨォ。身《み》につけてみれバ、わかるカラ！」

そう言《い》われて、カービィたちは防具《ぼうぐ》をかぶり、武器《ぶき》を手《て》にしてみた。

とたんに、四人《にん》そろって、おどろきの声《こえ》を上《あ》げてしまった。

武器《ぶき》も防具《ぼうぐ》も、まるで紙《かみ》のように軽《かる》い。

それでいて、恐《おそ》ろしく固《かた》くて、じょうぶだ。

しかも、これまでカービィたちが使《つか》ってきた装備《そうび》とは、段《だん》ちがいの高性能《こうせいのう》。

時間《じかん》を止《と》める魔法《まほう》も、ドクターの手当《てあ》ても、これまでよりもずっと確実《かくじつ》に、短《みじか》い時間《じかん》で

成功《せいこう》させられる。

この装備《そうび》なら、どんな強敵《きょうてき》にだって負《ま》けやしない。

カービィたちは、ますます自信《じしん》を強《つよ》めて、天空《てんくう》に乗《の》りこんだのだが――。


「なんてことだろう。あんなに美《うつく》しかった天空《てんくう》が、メチャクチャだよ！」

「タランザのしわざなのかな？」

「タランザ一人《ひとり》のチカラで、ここまで天空《てんくう》を荒《あ》らすことなんて、できないと思《おも》うんだけど……」

ふわふわだった雲《くも》も、踏《ふ》みしめるたびにジャリジャリとイヤな音《おと》を立《た》てるようになっていた。

「ひどいや。何《なに》が起《お》きたっていうんだろう？」

ビームが、悲《かな》しげにつぶやいた時《とき》だった。

ふいに、冷《つめ》たい突風《とっぷう》が吹《ふ》きつけた。

カービィハンターズは足《あし》を止《と》め、からだを寄《よ》せ合《あ》った。

ぞっとするような妖気《ようき》が立《た》ちのぼり、あたりが暗《くら》くなった。

「タランザか……!?」

ハンマーが、プラチナヘビィハンマーをかまえて叫《さけ》んだ。

その声《こえ》に反応《はんのう》したかのように、カービィたちの頭上《ずじょう》にふしぎなものがあらわれた。

鏡《かがみ》だ。

みごとなフチ取《ど》りのある大《おお》きな鏡《かがみ》が、空間《くうかん》を裂《さ》くように出現《しゅつげん》していた。

思《おも》わず魅入《みい》られてしまいそうなほど、美《うつく》しい鏡《かがみ》。

けれど、その表面《ひょうめん》は暗《くら》く、いびつな世界《せかい》を映《うつ》し出《だ》していた。

――そこに、モヤモヤと黒《くろ》い影《かげ》が浮《う》かび上《あ》がった。

「あれは……!」

四人《にん》は、声《こえ》をそろえて叫《さけ》んだ。

鏡《かがみ》に映《うつ》ったのは、タランザ。

しかし、その姿《すがた》は、四人《にん》が戦《たたか》ったあのタランザとはちがっていた。

銀色《ぎんいろ》だった髪《かみ》は金《きん》に変《か》わっている。

二本《ほん》のツノは闇色《やみいろ》だ。

何《なに》より、うす笑《わら》いを浮《う》かべた顔《かお》は、不気味《ぶきみ》そのものだった。

タランザは、鏡《かがみ》の中《なか》からスルリと抜《ぬ》け出《だ》して、カービィたちの前《まえ》に立《た》ちはだかった。

「クフフフ……また来《き》たの。こりないのね、キミたち」

タランザは全身《ぜんしん》をふるわせて、笑《わら》った。

耳《みみ》ざわりな、ザラザラした声《こえ》だった。

「ならば、今度《こんど》こそ、思《おも》い知《し》るがいいのね！　このダークタランザのじゃまはさせないの

ね！」

叫《さけ》ぶが早《はや》いか、タランザは攻撃《こうげき》をくり出《だ》した。

六本《ぽん》の手《て》を広《ひろ》げ、不吉《ふきつ》な光《ひかり》を放《はな》つ球《たま》をいくつも作《つく》り出《だ》す。

からだをひねり、くるくると回転《かいてん》しながら、その光球《こうきゅう》をカービィたちめがけて投《な》げつけてくる。

すさまじいスピード！

カービィたちはあわててよけたが、光球《こうきゅう》の一つがハンマーを直撃《ちょくげき》した。

頭《あたま》にかぶったプラチナヘビィウォーハットのおかげで、ダメージは最小限《さいしょうげん》。

それでも、光球《こうきゅう》の威力《いりょく》は想像《そうぞう》をこえていた。

「うわあっ！」

ハンマーは悲鳴《ひめい》を上《あ》げて、ひっくり返《かえ》った。

「しっかりしろ、ハンマー！」

駆《か》けよろうとしたドクターめがけて、またもや光球《こうきゅう》が飛《と》んでくる。

ドクターはすばやく飛《と》び下《さ》がった。

「みんな、気《き》をつけて。以前《いぜん》のタランザとはちがう。ものすごくパワーアップしてるぞ！」

「ダークタランザ……」

カービィはつぶやき、空中《くうちゅう》に浮《う》かぶ鏡《かがみ》をにらみつけた。

様子《ようす》がおかしいと思《おも》ったら……やはり。

あれは、姿《すがた》を映《うつ》した者《もの》の悪《わる》い心《こころ》だけを実体化《じったいか》させてしまう、恐《おそ》ろしい鏡《かがみ》。

ここにいるのは、素顔《すがお》のタランザではない。いびつな鏡《かがみ》によって心《こころ》を暴走《ぼうそう》させてしまった、もう一人《ひとり》のタランザだ！

「じゃまはさせないのね――！」

ダークタランザは空気《くうき》をふるわせるほどの叫《さけ》び声《ごえ》を上《あ》げると、宝石《ほうせき》のような弾丸《だんがん》を次々《つぎつぎ》に投《な》げつけてきた。

カービィはすばやくバリアを張《は》り、仲間《なかま》たちを守《まも》った。

カン、カン！と、かたい音《おと》を立《た》てて、攻撃《こうげき》をはじく。

そのすきに、ドクターはハンマーの手当《てあ》てをした。

「プラチナセットを買《か》っておいて、ほんとうによかったよ」

ドクターは、ふーっと息《いき》をついて言《い》った。

「これがなきゃ、ぼくら、たちまち総崩《そうくず》れになるところだった」

「みんなの思《おも》いがこもってるんだ。さあ、行《い》くよ！」

ビームがおどり上《あ》がって、プラチナマジックロッドを振《ふ》り下《お》ろした。

はなたれたタイムビームが、ダークタランザに命中《めいちゅう》。

たちまち、時間《じかん》が止《と》まった。

「見《み》たか、プラチナマジックロッドの威力《いりょく》！」

ビームは、得意《とくい》げに叫《さけ》んだ。

「さあ、今《いま》のうちだ！」

ハンマーが、プラチナヘビィハンマーを軽々《かるがる》と振《ふ》り上《あ》げる。

「行《い》くよー！」

カービィも、プラチナヒーローソードをにぎりしめた。

これまでに使《つか》ったどんな武器《ぶき》よりも軽《かる》く、手《て》になじむ。

ダークタランザ。悪《あく》にそまり、闇《やみ》に落《お》ちてしまった、もう一人《ひとり》のタランザ。

こいつを倒《たお》さなければ、ほんとうのタランザは救《すく》われない。

ハンマーが、ギリギリまでチカラをためきって、攻撃《こうげき》をくり出《だ》した。

「え――い！　**おにごろし火炎《かえん》ハンマー！**」

これまでにも、数々《かずかず》の敵《てき》を倒《たお》してきた大《おお》ワザだが、プラチナ武器《ぶき》から放《はな》たれた一撃《いちげき》は、今《いま》までとはくらべものにならないほど強烈《きょうれつ》。

カービィも、限界《げんかい》までチカラをためて、ダークタランザに斬《き》りかかった。

「**スカイエナジーソード！**」

すさまじい斬撃《ざんげき》。

時間《じかん》を止《と》められているダークタランザは、あいかわらず、にくたらしい笑《え》みを浮《う》かべたままだったが――。

タイムビームの効果《こうか》が切《き》れたとたん、グラリとゆらいで、雲《くも》の上《うえ》に転《ころ》げ落《お》ちた。

「タランザ。いや、ダークタランザ」

ドクターが、ダークタランザをにらみつけて、声《こえ》をかけた。

「これで、おしまいだ。暴《あば》れん坊《ぼう》たちをあやつるのをやめ、プププ王国《キングダム》を元《もと》に戻《もど》せ！」

ダークタランザは、うつむいたまま、からだをふるわせた。

痛《いた》みのあまり、ふるえてるんだろうか……カービィたちは、そう思《おも》った。

けれど、起《お》き上《あ》がったダークタランザの顔《かお》には、ふてぶてしい笑《わら》いが浮《う》かんでいた。

「なかなかやるのね、カービィハンターズ。そろそろ、こっちもホンキを出《だ》すのね」

「え……？」

「オマエたちに、ほんとうの恐怖《きょうふ》を教《おし》えてやるのね！」

ダークタランザは、ひらりと宙《ちゅう》に舞《ま》い上《あ》がった。

そこに浮《う》かんでいた鏡《かがみ》が、また、モヤモヤと黒《くろ》い影《かげ》を映《うつ》し始《はじ》めた。

「なんだ……？」

見上《みあ》げたカービィハンターズは、とまどった。

鏡《かがみ》の中《なか》から飛《と》び出《だ》してきたのは、凶悪《きょうあく》な仮面《かめん》をつけた何者《なにもの》かだった。

まるまると太《ふと》っており、手《て》には大《おお》きなハンマーをにぎっている。

仮面《かめん》のせいで、顔《かお》はわからなかったけれど、カービィは思《おも》わず叫《さけ》んでいた。

「え!? まさか、デデデ大王《だいおう》!?」

「なに?」

仲間《なかま》たちが、カービィを見《み》た。

「デデデ大王《だいおう》って、たしか、キミが探《さが》してた友《とも》だち?」

「まさか、あの仮面《かめん》の男《おとこ》がそいつだっていうの!?」

カービィには、はっきりとはわからなかった。

でも、あの体形《たいけい》といい、ハンマーといい……デデデ大王《だいおう》にうり二つだ。

ダークタランザは、勝《か》ちほこった笑《わら》い声《ごえ》を上《あ》げた。

「クフフ! 行《い》くのね、キングD《ディー》・マインド! 邪魔《じゃま》なハンターたちを、かたづけるのね!」

キングD《ディー》・マインド。

デデデ大王《だいおう》ではないのだろうか。それとも、仮面《かめん》をかぶったデデデ大王《だいおう》に、新《あら》たにつけられた名前《なまえ》なのだろうか。

鏡《かがみ》から抜《ぬ》け出《だ》してきたキングD《ディー》・マインドは、ダークタランザに向《む》き直《なお》った。

仮面《かめん》をつけていても、わかる。

はげしい怒《いか》りと悪意《あくい》が、あふれ出《で》ている。

ダークタランザはビクッとし、急《きゅう》に弱気《よわき》になって、手《て》を振《ふ》った。

「こ、こっちじゃないのね。オマエの敵《てき》は、あいつらなのね。ワ、ワタシは……ダークタランザは、オマエの……！」

キングD《ディー》・マインドは、聞《き》く耳《みみ》を持《も》たなかった。

何《なに》も言《い》わずにハンマーを振《ふ》り上《あ》げると、ダークタランザに一撃《いちげき》！

「わあああ！」

ダークタランザは、はるかかなたにふっ飛《と》ばされていった。

ビームが、あぜんとして言《い》った。

「なんだ……？　仲間《なかま》われ……？」

「と、いうより」

ドクターがつぶやいた。

「あいつは、怒《いか》りにとらわれていて、まともな判断《はんだん》ができないんだ。目《め》に見《み》えるもの、すべてを敵《てき》と認識《にんしき》しているんだ！」

カービィはうなずき、キングD《ディー》・マインドをにらみつけた。

あれは、おそらく、ダークタランザと同《おな》じように、鏡《かがみ》によって悪《あく》にそまってしまった、もう一人《ひとり》のデデデ大王《だいおう》。

「あいつを倒《たお》して、デデデ大王《だいおう》を助《たす》けるんだ！」

カービィは雲《くも》をけり、姿勢《しせい》を低《ひく》くして、キングD《ディー》・マインドに突《つ》っこんでいった。

「**ドリルソード！**」

するどい剣先《けんさき》が、キングD《ディー》・マインドにふれた瞬間《しゅんかん》――。

キングD《ディー》・マインドのおなかがふくれ上《あ》がり、二つに割《わ》れた。

「え……!?」

あまりに思《おも》いがけない光景《こうけい》を見《み》て、カービィは足《あし》をすくませてしまった。

キングD《ディー》・マインドは、けもののような吠《ほ》え声《ごえ》を上《あ》げた。

開《ひら》いたおなかの中《なか》から、真《ま》っ黒《くろ》なエネルギー弾《だん》が飛《と》び出《だ》してきた。

巨大《きょだい》なエネルギー弾《だん》は、カービィハンターズをまとめてなぎ倒《たお》した。

「うわあああああ！」

すさまじい衝撃《しょうげき》！

四人《にん》はたちまちキズだらけになり、雲《くも》の上《うえ》に転《ころ》がった。

「な、なんてチカラだ……！」

「まずい……！」

四人《にん》が武器《ぶき》をかまえる間《ま》もなく、またしてもエネルギー弾《だん》が襲《おそ》いかかってくる。

カービィはとっさにバリアを張《は》り、なんとか直撃《ちょくげき》をまぬがれた。

「ビーム！　時間《じかん》を止《と》めてくれ！」

ドクターが叫《さけ》び、ビームは杖《つえ》をにぎりしめてうなずいた。

「よし！　行《い》くぞ、**タイムビーム……！**」

しかし、ビームが杖《つえ》を振《ふ》り下《お》ろすより早《はや》く、キングD《ディー》・マインドのハンマーが火《ひ》を噴《ふ》いた。

青白《あおじろ》い炎《ほのお》が、カービィたちに襲《おそ》いかかる。

「な、なんだ……!?」

ビームはあわててよけたが、手《て》にやけどを負《お》ってしまい、杖《つえ》を取《と》り落《お》とした。

ドクターが手当《てあ》てに駆《か》けよる。カービィはふたたびバリアを張《は》り、ドクターとビームを守《まも》った。

「なんてやつだ！　まるで歯《は》が立《た》たない！」

ビームの声《こえ》には、絶望《ぜつぼう》がにじみ出《で》ていた。

カービィは、キングD《ディー》・マインドをにらみながら、言《い》った。

「みんなは少《すこ》し下《さ》がってて。ぼくが、あいつの相手《あいて》をする！」

「なんだって!?」

「やめろ、ソード。一対《たい》一なんて、むちゃだ」

「ううん、だいじょーぶ。あいつの動《うご》きが、読《よ》めるから！」

カービィは、気《き》づいていた。

キングD《ディー》・マインドの動《うご》きのパターンは、デデデ大王《だいおう》によく似《に》ている。

もちろん、ほんとうのデデデ大王《だいおう》よりもはるかに強《つよ》いし、おなかを開《ひら》いてエネルギー弾《だん》を撃《う》ち出《だ》すなんていうムチャクチャな攻撃《こうげき》もしてくるが、基本的《きほんてき》なパターンはいっしょ。

ならば、カービィにとって、怖《こわ》い相手《あいて》ではない。

ドクターが、カービィの考《かんが》えを察《さっ》して、言《い》った。

「よし。では、頼《たの》んだぞ、ソード。ビーム、そのすきに、なるべくたくさんタイムビームを撃《う》ちこんで、時間《じかん》を止《と》めるんだ」

「ぼくは？」

と、ハンマーがたずねる。

「時間《じかん》が止《と》まったら、キミの出番《でばん》だよ。おにごろし火炎《かえん》ハンマーで、あいつをぶちのめしてくれ！」

「了解《りょうかい》！」

カービィハンターズは、それぞれの役割《やくわり》を果《は》たすため、サッと四手《て》に分《わ》かれた。

「来《こ》い、キングD《ディー》・マインド！　ぼくが相手《あいて》だ！」

カービィは叫《さけ》んで、キングD《ディー》・マインドに一対《たい》一の勝負《しょうぶ》をいどんだ。

右《みぎ》に左《ひだり》に、すばやくはね回《まわ》りながら、攻撃《こうげき》をくり出《だ》す。

キングD《ディー》・マインドはハンマーを振《ふ》り回《まわ》し、カービィを狙《ねら》った。

――思《おも》ったとおり。

カービィには、キングＤ《ディー》・マインドの動《うご》きが手《て》に取《と》るようにわかった。

キングＤ《ディー》・マインドを、デデデ大王《だいおう》と重《かさ》ね合《あ》わせて見《み》ているうちに、だんだん怒《いか》りがこみ上《あ》げてきた。

「デデデ大王《だいおう》めー！　この間《あいだ》、コックカワサキのレストランでデザートを食《た》べつくしたウラミ、わすれてないぞ！　おかげでぼくは、デザートを食《た》べられなかったんだー！」

ほんとうのデデデ大王《だいおう》に対《たい》するウラミが爆発《ばくはつ》して、カービィはヒートアップ！

「プリンとソフトクリームが食《た》べたかったのに！　あと、ショートケーキとマカロンもね！　えい！　えい！」

カービィの攻撃《こうげき》が当《あ》たりまくる。

ハンマーとドクターは、ぼうぜんとしてつぶやいた。

「すごいぞ、ソード……」

「なんだか、わけのわからない怒《いか》りにとらわれてるみたいだけど……」

「とにかく、キングＤ《ディー》・マインドを完全《かんぜん》に引《ひ》きつけている！」

そのすきに、ビームは杖《つえ》を振《ふ》り続《つづ》けていた。

タイムビームが、続《つづ》けざまに命中《めいちゅう》している。

「あんなに当《あ》たってるのに、時間《じかん》が止《と》まらないなんて……！」

「がんばれ、ビーム！　もう少《すこ》しだ！」

ドクターが声援《せいえん》を送《おく》った瞬間《しゅんかん》、その願《ねが》いが通《つう》じたかのように、ついに時間《じかん》が止《と》まった。

「よーし！　今《いま》だ！」

攻撃準備《こうげきじゅんび》をととのえていたハンマーが、のしのしとキングD《ディー》・マインドに歩《あゆ》みよる。

もう、これ以上《いじょう》はたえきれないほど、ギリギリまでチカラがたまっている。

「プププ王国《キングダム》のみんなの願《ねが》いをこめて！　受《う》けてみろ、**おにごろし火炎《かえん》ハンマー！**」

最強《さいきょう》の攻撃《こうげき》が、最高《さいこう》の角度《かくど》で決《き》まった。

さらにチカラをためて、もう一発《ぱつ》……そして、もう一発《ぱつ》！

カービィも、プラチナヒーローソードを振《ふ》り回《まわ》して、加勢《かせい》した。

ビームも、そしてドクターも。それぞれの武器《ぶき》を使《つか》って、キングD《ディー》・マインドに立《た》ち向《む》かっていく。

時間《じかん》の止《と》まった世界《せかい》で、カービィハンターズの猛攻撃《もうこうげき》が続《つづ》いた。

タイムビームの効果《こうか》が切《き》れた瞬間《しゅんかん》。

さすがのキングD《ディー》・マインドも、がっくりとくずおれた。

「やったー！」

ハンマーがよろこびの声《こえ》を上《あ》げたが、ドクターは警戒《けいかい》をとかずに、叫《さけ》んだ。

「油断《ゆだん》するなよ！　これで終《お》わりとは思《おも》えない！」

ドクターのカンは正《ただ》しかった。

からだを起《お》こしたキングD《ディー》・マインドは、大《おお》きく口《くち》を開《あ》け、吠《ほ》えた。

と——手《て》にしていたハンマーが、ぐにゃりと溶《と》けるように変形《へんけい》した。

あらわれたのは、巨大《きょだい》な斧《おの》だ。銀色《ぎんいろ》の刃《やいば》は、すべてを破壊《はかい》しつくそうとするように、まがまがしい光《ひかり》を帯《お》びている。

「武器《ぶき》が変《か》わった……!?」

「なんてことないさ！　さっきと同《おな》じ作戦《さくせん》でいこう。ソード、たのむ！」

「まかせて！」

カービィは勇《いさ》んで飛《と》び出《だ》そうとしたが——。

キングD《ディー》・マインドのおなかが、ふくれ上《あ》がった。

また、エネルギー弾《だん》を撃《う》ち出《だ》す気《き》だろうか。

そう思《おも》って身《み》がまえたカービィだが、今度《こんど》の攻撃《こうげき》は、予想《よそう》をはるかにこえていた。

ぱっくりと二つに割《わ》れたおなかの中《なか》に、ぎょろりとした目玉《めだま》が生《しょう》じたのだ。

「え……!?」

あまりに気味《きみ》の悪《わる》い光景《こうけい》に、カービィは立《た》ちすくんだ。

キングD《ディー》・マインドは、もはやデデデ大王《だいおう》によく似《に》た形態《けいたい》をとどめていなかった。

目玉《めだま》のある、巨大《きょだい》な口《くち》のような姿《すがた》になって、カービィたちに襲《おそ》いかかる！

「うわあああ！」

あんな大《おお》きな口《くち》にかみつかれたら、助《たす》からない。

カービィたちは、転《ころ》げ回《まわ》って逃《に》げた。

「ど、どうしよう！」

「あんな怪物《かいぶつ》、倒《たお》せないよ！」

「あ、あきらめるな！　みんなの願《ねが》いがかかってるんだ！」

「だけど……！」

大《おお》きな口《くち》と化《か》したキングD《ディー》・マインドは、恐《おそ》ろしい速《はや》さで飛《と》び回《まわ》り、カービィたちをかみ砕《くだ》こうと狙《ねら》っている。

カービィは、なんとかバリアを張《は》って防《ふせ》いだが、攻勢《こうせい》には出《で》られない。

これでは、やられるのも時間《じかん》の問題《もんだい》。

「え、えい！　えい！　止《と》まれ！　止《と》まれぇぇ！」

ビームは泣《な》きべそをかきながら、杖《つえ》を振《ふ》った。

タイムビームが命中《めいちゅう》しても、効果《こうか》がまったくなさそうだ。この調子《ちょうし》では、時間《じかん》が止《と》まる前《まえ》に、全員《ぜんいん》の体力《たいりょく》が尽《つ》きてしまう。

「どうすれば……！」

もう、ダメなのか。

四人《にん》が、絶望《ぜつぼう》のがけっぷちに立《た》たされたとき――。

タイムビームが命中《めいちゅう》したところから、何《なに》かが転《ころ》がり落《お》ちてきた。

「あれ……？　これは……」

ドクターがひろい上《あ》げ、目《め》を見張《みは》った。

「石板《せきばん》だ！　あの石板《せきばん》が出《で》てきたよ！」

「え!?　フレンドメテオの石板《せきばん》!?」

「なんで、あいつが石板《せきばん》を？」

「おそらく……」

ドクターはキリッとした顔《かお》で、キングD《ディー》・マインドをにらみつけた。

「あいつがランディアからぬすんだんだ。石板《せきばん》にこめられた、とてつもないパワーを手《て》にするためにね！」

ハンマーが、不敵《ふてき》に笑《わら》った。

「ふふん！　あんなヤツに、石板《せきばん》のパワーが使《つか》いこなせるもんか！　この石板《せきばん》は、友情《ゆうじょう》のあかしなんだから！」

「よし、あいつが隠《かく》し持《も》ってる石板《せきばん》をぶんどるぞ！」

絶望《ぜつぼう》のあまり、どんよりしていたドクターの目《め》が、かがやきを取《と》り戻《もど》した。

「勝《か》てる！　この石板《せきばん》を四枚集《まいあつ》めるんだ！」

「よーし！」

カービィハンターズ、復活《ふっかつ》！

四人《にん》は武器《ぶき》をにぎりしめて、飛《と》び出《だ》した。

敵《てき》を倒《たお》すことは、考《かんが》えなくていい。とにかく、小《こ》きざみにゆさぶって、石板《せきばん》を落《お》とさせるのだ。

カービィは身軽《みがる》に飛《と》び回《まわ》って、キングD《ディー》・マインドにちょこちょこと斬《き》りつけた。

ドクターは少量《しょうりょう》の爆薬《ばくやく》を作《つく》っては投《な》げ、作《つく》っては投《な》げ。

ビームは、低威力《ていいりょく》のタイムビームを立《た》て続《つづ》けに放《はな》つ。

すばやい攻撃《こうげき》が苦手《にがて》なハンマーも、できるかぎりチカラを抑《おさ》えて、軽《かる》い攻撃《こうげき》をくり出《だ》していく。

まもなく、キングD《ディー》・マインドのマントの内側《うちがわ》から、二枚《まい》めの石板《せきばん》が転《ころ》がり落《お》ちてきた。

「よし！」

そして、三枚《まい》め。

「行《い》けるぞ！」

ついに、四枚《まい》め！

カービィハンターズは、それぞれ石板《せきばん》を手《て》に取《と》って、高《たか》くかかげた。

「そろったぁ！」

「反撃《はんげき》だ！」

「行《い》くよ！」

「ぼくらの友情《ゆうじょう》のあかし！」

「**フレンドメテオ！**」

四枚《まい》の石板《せきばん》から、まばゆい光《ひかり》が放射《ほうしゃ》された。

光《ひかり》は高《たか》く高《たか》く、宇宙《うちゅう》のかなたにまで伸《の》びてゆく。

そして、気《き》が遠《とお》くなるほど遠《とお》い宇宙《うちゅう》の果《は》てで一つに結《むす》ばれ、巨大《きょだい》な光《ひかり》の球《たま》となった。

即座《そくざ》にはね返《かえ》り、ふたたび天空《てんくう》へ——。

異形《いぎょう》となったキングD《ディー》・マインドは、身動《みうご》きもできないまま、超高温《ちょうこうおん》、超高速《ちょうこうそく》の一撃《いちげき》を浴《あ》びた。

どんな怪物《かいぶつ》だって、このパワーにはたえられない。

キングD《ディー》・マインドは大《おお》きくふるえ、動《うご》かなくなった。

倒《たお》せたのだろうか。それとも、まだ……？

カービィハンターズが、かたずをのんで見守《みまも》る中《なか》、ふたたびあの鏡《かがみ》が出現《しゅつげん》した。

キングD《ディー》・マインドは、弱々《よわよわ》しく抵抗《ていこう》するようにもがいたが、鏡《かがみ》のチカラからは逃《のが》れられない。

カービィハンターズの最悪《さいあく》の敵《てき》は、暗黒《あんこく》の鏡面《きょうめん》に吸《す》いこまれ、姿《すがた》を消《け》した。

9 究極《きゅうきょく》のしるし

天空《てんくう》に、静寂《せいじゃく》がおとずれた。
カービィハンターズは、疲《つか》れきってしまって、言葉《ことば》も出《で》ない。
たたずむ彼《かれ》らの足《あし》もとが、少《すこ》しずつ明《あか》るくなり始《はじ》めた。
「あ……見《み》て……」
やっと、小《ちい》さな声《こえ》を発《はっ》したのは、ビームだった。
暗《くら》い色《いろ》にそまっていた雲《くも》が、やさしいあかね色《いろ》に変《か》わっていく。
まがまがしい光《ひかり》は消《き》え、あたたかい日差《ひざ》しが戻《もど》ってきた。
廃墟《はいきょ》のように荒《あ》れていた遠《とお》くの建物《たてもの》も、いつのまにか美《うつく》しい姿《すがた》に戻《もど》っていた。
そして、カービィたちの体力《たいりょく》も、やさしい光《ひかり》を浴《あ》びてたちまち回復《かいふく》した。

「やった……」

「勝《か》ったんだ、ぼくたち！」

カービィたちは歓声《かんせい》を上《あ》げ、抱《だ》き合《あ》ってよろこんだ。

「フレンドメテオのおかげだね」

「ぼくらの友情《ゆうじょう》のチカラだよ」

「でも、それだけじゃない。プププ王国《キングダム》のみんなが、勇気《ゆうき》を与《あた》えてくれたからだ」

「そうだね。早《はや》く帰《かえ》って、みんなに報告《ほうこく》しないと！」

よろこび合《あ》うカービィたちに、ふらふらと、一つの影《かげ》が近《ちか》づいてきた。

キングD《ディー》・マインドにふっ飛《と》ばされたダークタランザだ。

カービィたちは身《み》がまえたが、ダークタランザにはもう戦《たたか》う意志《いし》はなさそうだった。

あの一撃《いちげき》が、よほど効《き》いたらしい。顔《かお》には生気《せいき》がまるでなく、よろよろしている。

「か……がみ……たいせつな……かがみ……」

うつろな声《こえ》で、ダークタランザはつぶやいた。

目《め》の前《まえ》にカービィハンターズがいることにも気《き》づいていない様子《ようす》だ。彼《かれ》の視線《しせん》は、ただ、いびつな鏡《かがみ》にだけ向《む》けられていた。

「これ……さえ……あれば……セクトニア……もういちど……」

ダークタランザは、鏡《かがみ》に手《て》をのばした。

「待《ま》て！」

ドクターが、すばやくダークタランザの前《まえ》に立《た》ちはだかった。

「まだ終《お》わってなかった。こいつが諸悪《しょあく》の根源《こんげん》だ！　やっつけなきゃ！」

「よし！」

ハンマーが、プラチナヘビィハンマーをかまえる。

カービィは、とっさに叫《さけ》んだ。

「待《ま》って！」

「ん？　どうしたんだ、ソード」

「そいつは、ほんとうのタランザじゃないんだ」

ダークタランザのつぶやきを聞《き》いて、カービィはさとっていた。

なぜ、タランザが鏡《かがみ》にとらわれ、悪《あく》の心《こころ》を暴走《ぼうそう》させてしまったのか。

すべては、彼《かれ》がかつて仕《つか》えた天空《てんくう》の国《くに》の女王《じょおう》、セクトニアのため。

クィン・セクトニアに、ふたたび会《あ》うため。

カービィは、以前《いぜん》、鏡《かがみ》の大迷宮《だいめいきゅう》の奥深《おくふか》くで見《み》つけた鏡《かがみ》のことを思《おも》い出《だ》していた。

鏡《かがみ》に映《うつ》された者《もの》の、悪《わる》い心《こころ》だけを反映《はんえい》し、実体化《じったいか》させてしまう恐《おそ》ろしい鏡《かがみ》。

ここにある鏡《かがみ》が、あれと同《おな》じものかどうかは、カービィにはわからない。

だが、同《おな》じようなはたらきをするものらしい。

タランザもデデデ大王《だいおう》も、この鏡《かがみ》に姿《すがた》を映《うつ》されてしまい、その結果《けっか》として邪悪《じゃあく》な「もう一人《ひとり》の自分《じぶん》」を生《う》み出《だ》したのだろう。

だったら、このままにはしておけない。

「鏡《かがみ》をこわして、タランザを助《たす》けよう！」

カービィは、剣《けん》をかかげて叫《さけ》んだ。

ドクターが、考《かんが》えこんで、カービィを見《み》た。

「諸悪《しょあく》の根源《こんげん》は、タランザではなく鏡《かがみ》……？　たしかに、この鏡《かがみ》には、どことなく不気味《ぶきみ》な気配《けはい》があるな」

「気《き》をつけて。その鏡《かがみ》に、姿《すがた》を映《うつ》さないようにね！」

「……よし」

仲間《なかま》たちはうなずき、それぞれの武器《ぶき》をかまえた。

カービィハンターズの考《かんが》えに気《き》づいたダークタランザが、悲鳴《ひめい》を上《あ》げた。

「やめるのね！　こわさないで！　その鏡《かがみ》は、セクトニアの……！」

カービィハンターズは無言《むごん》で、鏡《かがみ》に向《む》き直《なお》った。

四つの武器《ぶき》が、同時《どうじ》に鏡《かがみ》に攻撃《こうげき》を加《くわ》える。

いびつな鏡《かがみ》は、粉々《こなごな》に砕《くだ》け散《ち》った。

「あ……あ……わあああ！」

ダークタランザは絶叫《ぜっきょう》し、動《うご》きを止《と》めた。

みるみるうちに、彼《かれ》のからだは生気《せいき》を失《うしな》い、心《こころ》を持《も》たない虚像《きょぞう》と化《か》した。

その表面《ひょうめん》に、無数《むすう》のひび割《わ》れが生《しょう》じた。

息《いき》をのんで見《み》つめるカービィたちの前《まえ》で、ダークタランザは、鏡《かがみ》と同《おな》じように粉々《こなごな》になって消《き》えた。

「な……何《なに》が起《お》きたんだろう……？」

ハンマーは、今見《いまみ》た光景《こうけい》が信《しん》じられないのか、何度《なんど》も目《め》をこすった。

ドクターが言《い》った。

「ソードの言《い》ったとおりさ。あいつは、鏡《かがみ》によって生《う》み出《だ》されたマボロシみたいなものだったんだ。だから、鏡《かがみ》がこわれたら、自分《じぶん》も同《おな》じように砕《くだ》け散《ち》ってしまった」

「見《み》て！」

ビームが気《き》づいて、叫《さけ》んだ。

ダークタランザが消滅《しょうめつ》した場所《ばしょ》が、明《あか》るくかがやいている。

その光《ひかり》の中《なか》に、何者《なにもの》かが横《よこ》たわっていた。

「ん？　また、ダークタランザが……？」

「そうじゃないよ。ほんとうのタランザだ！」

カービィは駆《か》けよった。

邪悪《じゃあく》なダークタランザが消滅《しょうめつ》したことによって、救《すく》い出《だ》されたのだ。

美《うつく》しい銀色《ぎんいろ》の髪《かみ》と、明《あか》るい色《いろ》のツノを持《も》つ、ほんとうのタランザが。

タランザは、ゆっくり起《お》き上《あ》がると、寝《ね》ぼけたような顔《かお》でカービィたちを見《み》た。

「あ……あれ？　ここは……？」

「よかった。キミは助《たす》かったんだよ」

カービィハンターズは、ほっとして、タランザを囲《かこ》んだ。

タランザは、うつろな声《こえ》でつぶやいた。

「鏡《かがみ》は……？」

「こわしたよ。もう、どこにもない」

「……そう……」

タランザは、うなだれた。

事情《じじょう》を知《し》らないハンマーが、おどけて言《い》った。

「まったく、キミには手《て》こずらされちゃったよ！　おわびに、アイスクリームをおごって
ほしいくらいだよ！」

タランザは答《こた》えず、うつむいたままでいる。

ハンマーは、あわてて言葉《ことば》をついだ。

「じょーだんだよ、じょーだん！　悪《わる》いのはキミじゃなくて、鏡《かがみ》だったんだろ？　仲《なか》なおりしようよ！」

タランザは何《なに》も言《い》わない。

カービィも、どんな言葉《ことば》をかけていいのか、わからなかった。

ドクターが言《い》った。

「……さあ、街《まち》に戻《もど》ろう。みんなが待《ま》ってるよ」

ビームがうなずいて、タランザの顔《かお》をのぞきこんだ。

「キミも、いっしょに行《い》こう。コックカワサキの酒場《さかば》で、おいしいもの食《た》べて、元気出《げんきだ》しなよ」

カービィたちは歩《ある》き出《だ》した。

カービィが振《ふ》り返《かえ》ると、タランザはようやく顔《かお》を上《あ》げ、のろのろと歩《ある》き始《はじ》めた。

「それで？　それで、どうなったんだい？」

コックカワサキが、カウンターに身《み》を乗《の》り出《だ》してたずねた。

酒場《さかば》は超満員《ちょうまんいん》。入《はい》りきれない客《きゃく》が、店《みせ》の外《そと》にまであふれている。

もちろん、みんな、カービィハンターズの話《はなし》を聞《き》きに集《あつ》まってきたのだ。

「そこで、ぼくは言《い》ってやったのさ。『このハンマー様《さま》の一撃《いちげき》を受《う》けて、それでも立《た》っていられたら、乾杯《かんぱい》してやるぜ。この目玉《めだま》のオバケ野郎《やろう》』ってね！」

「ウソだあ。キミ、そんなかっこいいセリフ、言《い》わなかっただろ」

「言《い》ったんだよ！　心《こころ》の中《なか》で！」

わいわい、がやがや。

集《あつ》まった住民《じゅうみん》たちは、みんな、晴《は》れ晴《ば》れとした笑顔《えがお》だった。

カービィハンターズの活躍《かつやく》によって、ついに悪《あく》は滅《ほろ》ぼされ、プププ王国《キングダム》に平和《へいわ》が戻《もど》ったのだ。

「で、そのタランザってヤツはどうなったの？」

「ぼくらといっしょに気球《ききゅう》に乗《の》って、帰《かえ》ってきたんだよ。街《まち》のゲートをくぐったところまではいっしょだったけど、その後《あと》、フラッといなくなっちゃった」

「どこにいるんだろ？　なんで、みんなの前《まえ》にあらわれないんだ？」

ナックルジョーが、不服《ふふく》そうに言《い》った。

ビームが答《こた》えた。

「そりゃ、はずかしいんだよ。みんなに迷惑《めいわく》をかけたんだからね」

「はずかしがらないで、一言《ひとこと》、おわびを言《い》ってほしいなあ。そうすれば、みんなと仲良《なかよ》くなれるのに」

「そのうち、あらわれるよ」

そのとき、入《い》り口《ぐち》付近《ふきん》の混雑《こんざつ》をかき分《わ》けて、新《あら》たな客《きゃく》が入《はい》ってきた。

マホロアだ。

「おかえりなサイ、カービィハンターズ！　強敵《きょうてき》を倒《たお》したんだってネェ。さすがだヨオ！」

「ありがとう、マホロア。キミから買《か》ったプラチナセットのおかげだよ」

「よかったァ……って言《い》いたいトコロだケド」

マホロアは、急《きゅう》に、真顔《まがお》になった。

「キミたち、どうしテ、あんなヤッカイなお客《きゃく》を連《つ》れてきちゃったノォ？」

「え？　やっかいなお客《きゃく》って？」

「頭《あたま》にツノをはやしタ、手《て》が六本《ぽん》もあル、ヘンなヤツのことだヨォ！」

「タランザがどうかしたの？」

「ボクのお店《みせ》の屋根《やね》に、カッテによじのぼっテ、座《すわ》りこんでルんだヨォ！　下《お》りろっテ言《い》ってモ、聞《き》かないンダ！」

「ええ……？」

カービィたちはおどろいて、店《みせ》の外《そと》に出《で》た。


マホロアの言《い》うとおりだった。

タランザは、よろずやの屋根《やね》に座《すわ》り、空《そら》を見《み》ている。

「おーい、タランザ！」

「そんなところで、何《なに》やってるんだー？」

「下《お》りておいでよ。酒場《さかば》で、いっしょに食事《しょくじ》しようよ」

みんなが口々《くちぐち》に呼《よ》びかけたが、タランザは反応《はんのう》しない。

カービィは、その姿《すがた》を見上《みあ》げて、思《おも》った。
クィン・セクトニアの城《しろ》は、はるかな雲《くも》の上《うえ》にあった。
——タランザは、きっと、あの城《しろ》に帰《かえ》りたいのだ。
美《うつく》しいセクトニアとともに暮《く》らしていた、なつかしい城《しろ》へ。
「ほうっておけばいいよ。そのうち、おなかがすいたら、下《お》りてくるよ」
カービィは、みんなにそう言《い》った。
タランザの姿《すがた》を見《み》るうちに、思《おも》い出《だ》した。

カービィにも、帰《かえ》りたい場所《ばしょ》がある。

スージーがあらわれたという北《きた》の平原《へいげん》へ、急《いそ》がなければ。

「……ぼく、みんなとお別《わか》れしなきゃ」

カービィは、ぽつりとつぶやいた。

「ソード……」

ビームが言《い》いかけて、言《い》い直《なお》した。

「ううん、もう戦《たたか》いは終《お》わったんだから、武器《ぶき》も防具《ぼうぐ》も必要《ひつよう》ないんだよね。キミのことは、ソードじゃなくて、ピンクって呼《よ》んだほうがいいね」

「うーん。ピンクって呼《よ》ばれるの、やだな。ぼく、カービィだもん」

ビームはにっこりした。ドクターも、ハンマーも。

「そうだね。ぼくも、ビームじゃなくて、カービィに戻《もど》るよ」

「ぼくも、ドクターじゃなくてカービィだ」

「ぼくも、ハンマーはおしまい。今日《きょう》からは、またカービィだよ」

四人《にん》は輪《わ》になって、ぎゅっと手《て》を取《と》り合《あ》った。

ドクター――ではなく、今《いま》はただの「カービィ」に戻《もど》った青色《あおいろ》のカービィが言《い》った。

「みんな、聞《き》いてくれ。ぼくに、一つ、考《かんが》えがあるんだ」

「なんだい、ドクター……じゃなくてカービィ」

「はなればなれになっても、ぼくらの心《こころ》は一つ。カービィハンターズは永遠《えいえん》だ」

カービィたちは、力強《ちからづよ》くうなずいた。

「もちろんだよ！」

「ぼくら、仲間《なかま》だもん」

「だからね、こういうのはどうだろう」

青《あお》いカービィは、近《ちか》くに落《お》ちていた木《き》の枝《えだ》をひろい上《あ》げると、地面《じめん》に字《じ》を書《か》いた。

カービィハンターズZ《ゼット》

カービィたちは、とまどった。

おなじみの名前《なまえ》の後《うし》ろに、よぶんな文字《もじ》がくっついている……。

「……何《なに》、これ？」

「カービィハンターズ……ぜっと？」

「つまり、ね」

青《あお》いカービィは、照《て》れているのか、木《き》の枝《えだ》でぐるぐるとマルを描《えが》きながら説明《せつめい》した。

「Z《ゼット》っていうのは、いちばん最後《さいご》の文字《もじ》だろ。これ以上《いじょう》はないっていう、究極《きゅうきょく》のしるしだ。ぼくらの友情《ゆうじょう》が、ずっと、ぜったいに消《き》えたりなんかしないってことを、この名前《なまえ》にこめようと思《おも》うんだ」

「カービィハンターズ……Z《ゼット》……」

カービィたちは、声《こえ》を合《あ》わせてつぶやいた。

まっさきに、ピンクのカービィが言《い》った。

「いいと思《おも》う！　かっこいい！」

黄色《きいろ》と緑色《みどりいろ》のカービィも、うれしそうにうなずいた。

「かっこいいよね」

「よーし、それじゃ、いつものやつをやろう」

カービィたちは一列《れつ》に並《なら》び、元気《げんき》よく片手《かたて》を突《つ》き上《あ》げた。

「ぼくはカービィ！」

「ぼくはカービィ！」

「ぼくはカービィ！」

「ぼくはカービィ！」

「四人《にん》そろって……」

青空《あおぞら》に向《む》けて、大《おお》きく叫《さけ》ぶ。

「**カービィハンターズZ《ゼット》！**」

街《まち》のゲートのところに、バンダナワドルディが立《た》っていた。

「あ、カービィ！」

バンダナワドルディは、いつものように、笑顔《えがお》で呼《よ》びかけた。

「そろそろ出発《しゅっぱつ》するんじゃないかと思《おも》って、ここで待《ま》ってたんだ」

「大当《おおあ》たり！」

二人《ふたり》は、手《て》を取《と》り合《あ》った。

バンダナワドルディは言《い》った。

「さみしくなっちゃうけど、元気《げんき》でね。たまには、ぼくのこと、思《おも》い出《だ》してね」

「ワドルディ……」

「カービィと会《あ》えて、ほんとうによかった。すごーく楽《たの》しかったよ！」

バンダナワドルディは、一瞬《いっしゅん》だけ涙《なみだ》ぐみ、あわてて笑顔《えがお》に戻《もど》った。

「泣《な》かないって決《き》めたんだ。カービィのたいせつな旅立《たびだ》ちだもん」

「……ありがとう」

カービィは、バンダナワドルディをぎゅっと抱《だ》きしめた。

バンダナワドルディも、カービィに抱《だ》きついた手《て》にチカラをこめた。

「じゃあね」

「元気《げんき》でね、カービィ！」

バンダナワドルディは、笑顔《えがお》で手《て》を振《ふ》った。

カービィはゲートをくぐり、草原《そうげん》へと歩《ある》き出《だ》した。

振《ふ》り返《かえ》っても、振《ふ》り返《かえ》っても、バンダナワドルディはずっと笑顔《えがお》で手《て》を振《ふ》っていた。

その姿《すがた》が小《ちい》さくなって、見《み》えなくなったころ、カービィはふと気《き》づいた。

カービィのことを、「ソード」でも「ピンク」でもなく、最初《さいしょ》からずっと「カービィ」と呼《よ》んでくれたのは、バンダナワドルディだけだった……ということに。

カービィが向《む》かったのは、とりあえず、北《きた》

の方角《ほうがく》。

マホロアから聞《き》いた話《はなし》だけが手《て》がかりだ。スージーが出現《しゅつげん》したという穴《あな》に飛《と》びこめば、ひょっとするとプププランドに帰《かえ》れるかもしれない。

ただ、情報《じょうほう》が、あまりにも頼《たよ》りなかった。

穴《あな》の場所《ばしょ》は、「北《きた》の平原《へいげん》」というだけで、はっきりわからない。

まだ開《あ》いたままでいるのかどうかも、不明《ふめい》。

そもそも、その穴《あな》がプププランドに通《つう》じているなんて保証《ほしょう》はない。

でも、カービィはあきらめなかった。

少《すこ》しでも希望《きぼう》があるかぎり、歩《ある》き続《つづ》けるだけだ。

不安《ふあん》を追《お》い払《はら》うために、カービィは歩《ある》きながらひとり言《ごと》を言《い》った。

「スージーも、鏡《かがみ》に映《うつ》ったせいで悪《わる》くなっちゃった、もう一人《ひとり》のスージーなのかな？　ほんとうのスージーは、元気《げんき》かな？」

草原《そうげん》を吹《ふ》く風《かぜ》はあたたかい。

プププランドの草原《そうげん》を吹《ふ》き渡《わた》る風《かぜ》と、同《おな》じくらいに。

「ランディアも、鏡《かがみ》に映《うつ》った悪《わる》いランディアだったのかな？　鏡《かがみ》をこわしたから、ランディアも元《もと》に戻《もど》ってるといいな……」

そのとき、バサッバサッという音《おと》が聞《き》こえてきた。

大《おお》きなつばさが、はためく音《おと》だ。

急《きゅう》に、あたりが暗《くら》くなった。

カービィは、空《そら》を見上《みあ》げた。

四つの頭《あたま》を持《も》つ天空《てんくう》の守護神《しゅごしん》ランディアが、ゆうゆうと飛《と》んでいた。

カービィは大声《おおごえ》を上《あ》げて、手《て》を振《ふ》った。

「おーい、ランディア！　元気《げんき》？　元《もと》に戻《もど》ったんだね！」

ランディアはゆっくり旋回《せんかい》し、カービィの前《まえ》に舞《ま》い下《お》りてきた。

思《おも》わずギョッとしてしまうくらい大《おお》きいけれど、顔《かお》つきはおだやかだ。

問答無用《もんどうむよう》でカービィハンターズに襲《おそ》いかかってきた時《とき》とは、大《おお》ちがい。

ランディアはつばさを休《やす》めると、四つの頭《あたま》をクイッと動《うご》かした。

「え？　どうしたの？」

カービィがきょとんとしていると、ランディアはまた、クイッと首《くび》を振《ふ》った。

「んーと……えーと……何《なに》？」

ランディアが何《なに》を伝《つた》えたいのか、わからない。

まごまごしていると、一つの頭《あたま》が口《くち》を開《あ》け、ぱくっとカービィをくわえた。

「わあっ!?　やめて、食《た》べないで！」

カービィはあわてふためいたが、もちろん、ランディアはカービィをエサとまちがえたわけではなかった。

首《くび》を振《ふ》って、ぽいっとカービィを投《な》げ捨《す》てる。

カービィが着地《ちゃくち》したのは、ランディアの大《おお》きな背中《せなか》の上《うえ》だった。

「わわ!?　あ……ひょっとして、乗《の》れって言《い》ってるのかな？」

カービィはやっとランディアの考《かんが》えを察《さっ》して、ランディアのからだにしっかりしがみついた。

カービィを乗《の》せたランディアは、つばさを広《ひろ》げ、大空《おおぞら》に飛《と》び立《た》った。

北《きた》へ――北《きた》へ。

ランディアは、すばらしいスピードで飛《と》んでいく。

カービィは、落《お》ちないように手《て》にしっかりチカラをこめていた。

下《した》を見《み》ると、草原《そうげん》や川《かわ》が、模型《もけい》のように小《ちい》さい。にぎやかな街《まち》やのどかな村《むら》が、点々《てんてん》と存在《そんざい》していた。

平和《へいわ》がおびやかされた時《とき》は、旅人《たびびと》たちの行《い》き来《き》もほとんどなくなり、街道《かいどう》はさびれる一方《いっぽう》だった。

これからは、また、以前《いぜん》のようにみんなが安心《あんしん》して旅《たび》に出《で》られるようになるだろう。

街《まち》や村《むら》は活気《かっき》づき、プププ王国《キングダム》はますます栄《さか》えるだろう。

「じゃあね……さよなら、プププ王国《キングダム》！」

帰《かえ》れるかどうか、さっきまで不安《ふあん》でいっぱいだったけれど、カービィはもう疑《うたが》っていなかった。

天空《てんくう》の守護神《しゅごしん》ランディアが、こうしてチカラを貸《か》してくれているのだから。

ぜったいに、帰《かえ》れるにちがいない。

やがて、西《にし》の空《そら》が燃《も》えるようなオレンジ色《いろ》にそまったころ。

ランディアは高度《こうど》を下《さ》げ、広《ひろ》い平原《へいげん》に着地《ちゃくち》した。

地面《じめん》には、うすく氷《こおり》が張《は》っている。前方《ぜんぽう》には、黒々《くろぐろ》とした針葉樹《しんようじゅ》の森《もり》が見《み》える。

「ここが……スージーがあらわれたっていう北《きた》の平原《へいげん》かな……」

カービィの背後《はいご》で、ランディアはつばさをはためかせ、暮《く》れかけた空《そら》に舞《ま》い上《あ》がった。

「あ……ランディア。ありがとう！」

カービィが手《て》を振《ふ》ると、ランディアは一声《ひとこえ》、するどく鳴《な》いた。それは、別《わか》れのあいさつのように聞《き》こえた。

カービィは勇気《ゆうき》をふるい起《お》こして、歩《ある》き出《だ》した。

森《もり》をめざして、数十歩《すうぽ》ほど進《すす》んだところで、カービィはついに見《み》つけた。

空間《くうかん》が、不自然《ふしぜん》に切《き》り取《と》られたように、星《ほし》の形《かたち》に裂《さ》けている。

異《こと》なる次元《じげん》をつなぐ、異空間《いくうかん》ロードだ！

「やった！　プププランドに帰《かえ》れる……！」

カービィは歓声《かんせい》を上《あ》げて走《はし》り出《だ》し、星形《ほしがた》の穴《あな》めがけて飛《と》び上《あ》がろうとした。

しかし、その前《まえ》に巨大《きょだい》な影《かげ》が立《た》ちふさがった。

「お待《ま》ちください――」

くぐもった声《こえ》がひびいた。

カービィの行《ゆ》く手《て》をふさいでいるのは、見上《みあ》げるほど大《おお》きなロボットだった。

その美《うつく》しいシルエットには、見覚《みおぼ》えがあった。ハルトマンワークスカンパニーが開発《かいはつ》したロボットアーマー、リレインバーだ。

ただ、カービィが知《し》っているリレインバーとは微妙《びみょう》なちがいがあった。

スージーが乗《の》りこなしていたリレインバーは、美《うつく》しいピンク色《いろ》をしていた。

けれど、このリレインバーは、形《かたち》は似《に》ているものの、色《いろ》は黒《くろ》。夜《よる》の空《そら》に溶《と》けこんでしまいそうな、真《ま》っ黒《くろ》だ。

異世界《いせかい》からの侵略者《しんりゃくしゃ》は、ロボットのコクピットからカービィを見下《みお》ろし、冷《つめ》たい声《こえ》で続《つづ》けた。

「初《はじ》めてお目《め》にかかります。ワタクシの名《な》は……」

「スージー！」

カービィが叫《さけ》ぶと、スージーによく似《に》た暴《あば》れん坊《ぼう》は、ムッと口《くち》をつぐんだ。

すぐ、気《き》を取《と》り直《なお》したように続《つづ》ける。

「ワタクシの名《な》をご存《ぞん》じとは、光栄《こうえい》でございます。でも、正確《せいかく》には――」

なぞのロボットは、いきなりミサイルを発射《はっしゃ》した。

カービィはあわてて飛《と》びのいた。

「アナザースージー、とお呼《よ》びくださいませ！」

「アナザー……？」

カービィは、逃《に》げまどいながら考《かんが》えた。

これも、やはり、ダークタランザやキングD《ディー》・マインドと同《おな》じく、いびつな鏡《かがみ》によって生《う》み出《だ》された、悪《わる》いスージーなのだろうか。

でも、鏡《かがみ》はもう、こわれたはずなのに……。

「ちょこまかと、すばしっこいゲンジュウミンですこと……」

アナザースージーは、軽《かる》くジャンプしながらカービィにせまってくる。

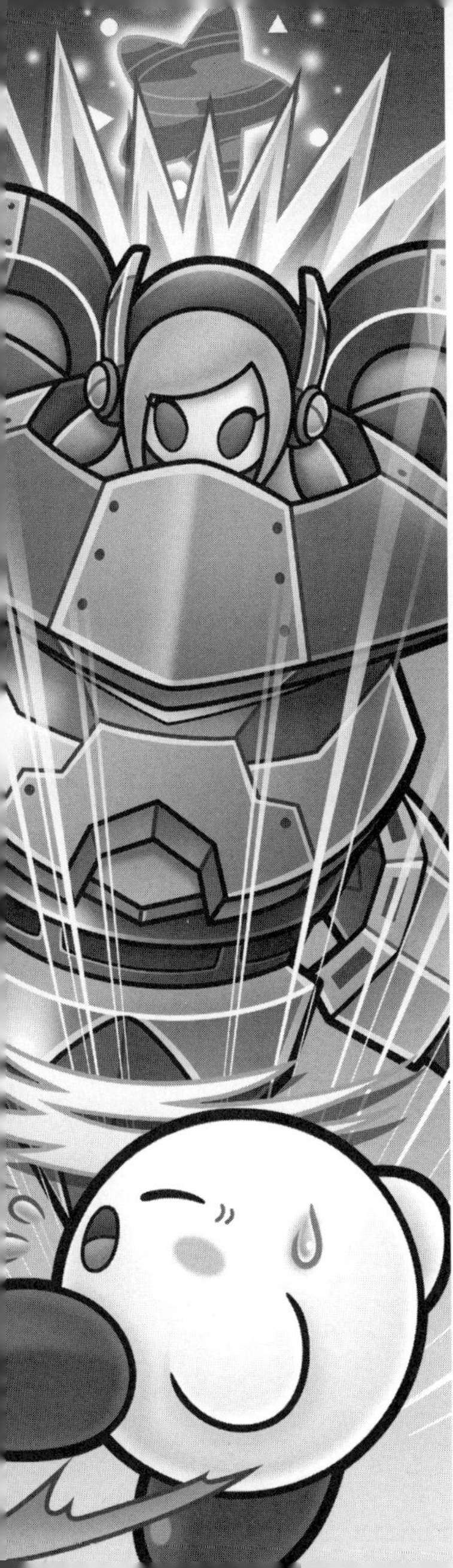

「待《ま》ってよ、スージー！　ぼく、戦《たたか》いたくないんだ。あのね、ほら、あそこに開《あ》いてる穴《あな》を……」

「問答無用《もんどうむよう》でございます！」

アナザースージーは高《たか》く飛《と》び上《あ》がり、カービィを押《お》しつぶそうとした。

カービィは冷《つめ》たい大地《だいち》に転《ころ》がってよけた。

スージー……いや、アナザースージーは本気《ほんき》だ。手《て》かげんなしで、カービィを倒《たお》そうとしている。

今《いま》のカービィには、武器《ぶき》も防具《ぼうぐ》もない。仲間《なかま》もいない。もちろん、フレンドメテオの助《たす》けもない。

頼《たの》みのランディアは、すでに飛《と》び去《さ》った後《あと》。

これでは、勝《か》ち目《め》などあるはずがない。

カービィは必死《ひっし》に逃《に》げようとした。アナザースージーを振《ふ》り切《き》って、なんとか星形《ほしがた》の穴《あな》に飛《と》びこんでしまえば……。

けれど、アナザースージーは高《たか》くジャンプし、カービィの逃《に》げ道《みち》をふさぐ。

ふたたび、ミサイル発射《はっしゃ》。

「わあああ!」

カービィは爆風《ばくふう》に飛《と》ばされ、大地《だいち》にたたきつけられた。

見開《みひら》いたカービィの目《め》に、倒《たお》れこむようにのしかかる黒《くろ》いリレインバーが映《うつ》った。

「駆除《くじょ》されてくださいませ!」

アナザースージーは勝《か》ちほこった声《こえ》で叫《さけ》び、最後《さいご》の攻撃《こうげき》をくり出《だ》そうとした。

——その瞬間《しゅんかん》。

星形《ほしがた》の穴《あな》が、急激《きゅうげき》にちぢまり始《はじ》めた。

穴《あな》の向《む》こう側《がわ》から、強《つよ》いチカラで引《ひ》きしぼられたかのように。

いびつな鏡《かがみ》の魔力《まりょく》によって、さまざまな形《かたち》で生《しょう》じていたほころび。この異空間《いくうかん》ロードも、その一つだった。

今《いま》、鏡《かがみ》はこわれ、各地《かくち》で引《ひ》き起《お》こされたゆがみが正《ただ》されようとしている。

異空間《いくうかん》へつながる穴《あな》も、消滅《しょうめつ》しようとしていた。

アナザースージーが乗《の》るリレインバーが、バランスを崩《くず》した。

異空間《いくうかん》からの引力《いんりょく》により、制御《せいぎょ》できなくなってしまったのだ。

とてつもない重量《じゅうりょう》があるはずのリレインバーが、まるで風船《ふうせん》のように、ふわりと宙《ちゅう》に浮《う》いた。

「や……何《なに》をするのです。おやめなさい……おやめなさい！」

アナザースージーは絶叫《ぜっきょう》し、暴《あば》れ回《まわ》ったけれど、このチカラにさからうことなどできはしない。

「いやああああああ！」

悲鳴《ひめい》を残《のこ》し、アナザースージーとリレインバーは、異空間《いくうかん》に通《つう》じる穴《あな》へと吸《す》いこまれていった。

あぜんとして穴《あな》を見上《みあ》げていたカービィは、ハッと我《われ》に返《かえ》った。

「待《ま》って！　ぼくも行《い》く！」

カービィは飛《と》び上《あ》がり、アナザースージーに続《つづ》こうとした。

けれど――一瞬《いっしゅん》、遅《おそ》かった。

アナザースージーをのみこんだとたん、異空間《いくうかん》へと続《つづ》く穴《あな》は消滅《しょうめつ》してしまった。

何《なに》ごともなかったかのように。カービィを、冷《つめ》たい大地《だいち》に残《のこ》したまま。

「ま……待《ま》って……待《ま》って……」

カービィは泣《な》き声《ごえ》になった。

プププランドへ帰《かえ》れるかもしれない、たった一つの道《みち》がふさがれてしまった。

凍《い》てついた大地《だいち》に、ただ一人残《ひとりのこ》されたカービィ。

空《そら》をあおぎ、大声《おおごえ》を上《あ》げた。

「**わあああああああああああああん！**」

10 冒険《ぼうけん》のおわり

「しっ、静《しず》かに！　静《しず》かにして！」

何者《なにもの》かが、カービィの口《くち》をおさえつけた。

ぶつぶつと文句《もんく》を言《い》う声《こえ》が、四方《しほう》から聞《き》こえてくる。

「ご、ごめんなさい。ごめんなさい。ちょっと寝《ね》ぼけてるみたいで……」

カービィの口《くち》を押《お》さえている何者《なにもの》かが、ぺこぺこあやまっている。

何者《なにもの》かは、小声《こごえ》でカービィをしかりつけた。

「もう、静《しず》かにしてよ、カービィ。ここをどこだと思《おも》ってるの」

「……？」

カービィは目《め》を開《あ》けた。

周囲《しゅうい》は、ぎっしりと本《ほん》がつまった本棚《ほんだな》だった。

カービィは、テーブルの上《うえ》につっぷしている。

そして、カービィの口《くち》をおさえているのは、ワドルディだった。

「わかったね。もう、叫《さけ》んじゃダメだよ」

ワドルディは、そっと手《て》をはなした。

カービィは、ぼうぜんとした。

冷《つめ》たい大地《だいち》に立《た》って、暗《くら》い空《そら》をあおいでいたはずなのに。

……ここは、いったい？

「ここ、どこ……？」

カービィがつぶやくと、ワドルディはあきれたように答《こた》えた。

「まだ寝《ね》ぼけてるの？　ここは図書館《としょかん》だよ。ぼくといっしょに来《き》たでしょ」

「としょかん……えっ……？」

カービィは、何度《なんど》も周囲《しゅうい》を見回《みまわ》し、ワドルディの顔《かお》を見《み》つめ、まばたきをした。

ワドルディは、心配《しんぱい》そうに言《い》った。

「だいじょーぶ？　夢《ゆめ》でも見《み》てたの？」

「ゆ……め……？」

カービィは思《おも》い出《だ》した。

そもそもの冒険《ぼうけん》の始《はじ》まりは、図書館《としょかん》だった。

ふしぎな本《ほん》から文字《もじ》が漂《ただよ》い出《だ》し、カービィは気《き》を失《うしな》って、気《き》がついたら草原《そうげん》にいて……。

「夢《ゆめ》……だって？　プププ王国《キングダム》は？　カービィハンターズZ《ゼット》は？」

「え？　何《なに》を言《い》ってるの……」

「バンダナワドルディも!?　キングD《ディー》・マインドも!?　ダークタランザもアナザースージーも、ぜんぶ夢《ゆめ》だって――!?」

周囲《しゅうい》から「しーっ！」としかりつける声《こえ》。

図書館《としょかん》の利用者《りようしゃ》たちが、目《め》をつり上《あ》げてカービィをにらんでいる。

「ごめんなさい、ごめんなさい」

ワドルディがまたぺこぺこあやまって、カービィに言《い》い聞《き》かせた。

「静《しず》かにしてってば。図書館《としょかん》なんだからね」

「そんな……そんなはず、ない……」

カービィは、頭《あたま》がクラクラしてきた。

「だって、ぼくは何《なん》か月間《げつかん》もプププ王国《キングダム》で過《す》ごしたんだ……たくさんの暴《あば》れん坊《ぼう》を退治《たいじ》して……プププ王国《キングダム》の危機《きき》を救《すく》って……」

「カービィ……だいじょーぶかな」

「ワドルディ。ぼく、寝《ね》てたの？」

「うん。ぐっすり」

「どのくらいの間《あいだ》？　何《なん》か月《げつ》も眠《ねむ》り続《つづ》けてたの？　ごはんも食《た》べずに？」

「何《なに》を言《い》ってるんだよ。キミが居眠《いねむ》りしてたのは、せいぜい二十分間《ぷんかん》ぐらいだよ」

「ええ!?　まさか！」

カービィはまた叫《さけ》んでしまい、ワドルディに口《くち》をおさえつけられた。

ワドルディは、こわい顔《かお》で言《い》った。

「ここじゃダメだ。みんなに怒《おこ》られちゃう」

「……」

「外《そと》に出《で》よう」

ワドルディはカービィの口《くち》をしっかりおさえつけたまま、図書館《としょかん》の外《そと》に連《つ》れ出《だ》した。


「ほんとだってば。キミがうたた寝《ね》をしていたのは、せいぜい二十分間《ぷんかん》」

ワドルディは、デデデ城《じょう》への道《みち》を歩《ある》きながらそう言《い》った。

「ぼくら、読《よ》みたい本《ほん》がちがうから、図書館《としょかん》の中《なか》で別《わか》れたでしょ。ぼくが借《か》りたい本《ほん》を借《か》りて、キミのところへ行《い》ってみたら、キミはテーブルにつっぷして寝《ね》てたんだ」

「二十分《ぷん》……たったの二十分《ぷん》……ウソだ……」

カービィは、まだ信《しん》じられずにいる。

ワドルディは説明《せつめい》を続《つづ》けた。

「気持《きも》ち良《よ》さそうに、ぐっすり寝《ね》てたよ。起《お》こしちゃかわいそうかなあと思《おも》ったけど、そろそろ大王《だいおう》さまが帰《かえ》ってきちゃうし、早《はや》くお城《しろ》に戻《もど》らなきゃ……と思《おも》って、ゆり起《お》こそうとしたんだよ。そしたら」

ワドルディは、あきれたように空《そら》を見上《みあ》げた。

「急《きゅう》に、大声《おおごえ》を出《だ》すんだもん。あせっちゃったよ」

「ぼくが読《よ》んでた本《ほん》は……字《じ》が漂《ただよ》い出《だ》した、あのふしぎな本《ほん》は……」

「なんの話《はなし》？」

ワドルディは、あきれたのを通《とお》りこして、心配《しんぱい》そうな顔《かお》になった。

「キミが寝《ね》てたテーブルには、本《ほん》なんて一冊《さつ》もなかったよ。カービィったら、本《ほん》も読《よ》まずに居眠《いねむ》りしてると思《おも》って、ぼく、あきれちゃったんだから」

——ワドルディがウソを言《い》っているとは思《おも》えない。

ということは、やはり、すべて夢《ゆめ》だったのだろうか。

あんなに苦《くる》しい戦《たたか》いも、カービィハンターズとの出会《であ》いと別《わか》れも、バンダナワドルディとの友情《ゆうじょう》も。

「……ううん、そんなはず、ない」

カービィはつぶやいた。

「カービィハンターズZ《ゼット》やバンダナワドルディは、ぜったいに、ただの夢《ゆめ》なんかじゃない。そうだ、きっと……」

プププ王国《キングダム》をつかさどる強《つよ》いチカラが、王国《キングダム》の危機《きき》を救《すく》うため、異世界《いせかい》の勇者《ゆうしゃ》カービィを呼《よ》び寄《よ》せたのだ。

そして、危機《きき》が去《さ》ると、カービィを元《もと》の世界《せかい》へ帰《かえ》してくれた。

カービィが困《こま》らないよう、すべてを夢《ゆめ》の中《なか》に封《ふう》じこめて。

「なんて、ふしぎなんだろう！　ぼく、けっして忘《わす》れないよ。プププ王国《キングダム》でのできごと、ぜんぶ……！」

「……さっきから、わけのわからないことばかり言《い》ってるね。大王《だいおう》さまも、よく寝《ね》ぼけるけど、カービィの寝《ね》ぼけっぷりも負《ま》けてないね」

ワドルディは笑《わら》った。

カービィは、あんなにたいへんだった冒険《ぼうけん》の日々《ひび》を笑《わら》われたような気《き》がして、ムッとした。

「こっちのワドルディより、バンダナワドルディのほうがかわいかったなあ……ぼく、バンダナワドルディのほうが好《す》きかも……」

「え？　何《なに》を言《い》ってるの？」

「なんでもないよーだ！」

ぷんぷんしているカービィを見《み》て、ワドルディはようやく、笑《わら》ってしまったことを反省《はんせい》したらしい。

「ごめんね、カービィ。キミの寝《ね》ぼけ方《かた》がおもしろすぎて、つい、笑《わら》っちゃった」

「ふーんだ！」

「デザートを作《つく》るから、仲《なか》なおりしよう」

この一言《ひとこと》で、たちまちカービィはきげんを直《なお》した。

「ほんと!?　どんなデザート!?」

「今日《きょう》借《か》りた本《ほん》に、たくさんのお菓子《かし》のレシピがのってるんだ。なんでも、カービィの好《す》きなものを作《つく》ってあげる」

「やったあ！　さっきのは取《と》り消《け》し！　大好《だいす》き、ワドルディ！」

カービィはワドルディに飛《と》びついた。

あくびが出《で》るくらい平和《へいわ》な、平和《へいわ》なプププランドの草原《そうげん》に、二人《ふたり》の笑《わら》い声《ごえ》がひびきわたった。

高瀬美恵／作
東京都出身、O型。代表作に角川つばさ文庫「逆転裁判」「牧場物語」「GIRLS MODE」各シリーズなど。ライトノベルやゲームのノベライズ、さらにゲームのシナリオ執筆でも活躍中。

苅野タウ・ぽと／絵
東京都在住。姉妹イラストレーター。主な作品として「サンリオキャラクターえほんハローキティ」シリーズ（イラスト担当）などがある。

角川《かどかわ》つばさ文庫《ぶんこ》　Cた3-13

星《ほし》のカービィ
結成《けっせい》！ カービィハンターズZ《ゼット》の巻《まき》
作《さく》　高瀬美恵《たかせみえ》
絵《え》　苅野《かりの》タウ・ぽと

2017年8月15日　初版発行
2017年9月30日　再版発行

発行者　塚田正晃
発行所　株式会社KADOKAWA
〒102-8177　東京都千代田区富士見 2-13-3
03-3238-1854（営業）
http://www.kadokawa.co.jp/
編　集　アスキー・メディアワークス
〒102-8584　東京都千代田区富士見 1-8-19
03-5216-8380（編集部）
印　刷　大日本印刷株式会社
製　本　大日本印刷株式会社
装　丁　ムシカゴグラフィクス

KB17-1803　Printed in Japan
ISBN978-4-04-631731-5　C8293　N.D.C.913　220p　18cm

読者のみなさまからのお便りをお待ちしています。
いただいたお便りは、編集部から著者へおわたしいたします。

角川つばさ文庫のラインナップ

星のカービィ
プププランドで大レース!の巻

作／高瀬美恵
絵／苅野タウ・ぽと

全宇宙でテレビ中継される大レースがプププランドで開かれることになった！　優勝者はなんでも好きなものがもらえると聞き、カービィたちはやる気まんまん！ でも、テレビ・プロデューサーのキザリオがどうも怪しくて？

星のカービィ
あぶないグルメ屋敷!?の巻

作／高瀬美恵
絵／苅野タウ・ぽと

カービィは、プププランドのはずれにあるグルメ屋敷のパーティに、ごちそう目当てでこっそり乗り込むことに！ でも、そこでは思いもよらないことが待っていて……!? ここでしか読めない、カービィの冒険が始まるよ☆

星のカービィ
大迷宮のトモダチを救え!の巻

作／高瀬美恵
絵／苅野タウ・ぽと

カービィと以前戦ったことのあるマホロアが、とつぜん「トモダチを助けてヨ!」とやってきた。怪しみながらも、鏡の大迷宮にマホロアのトモダチを助けにいくカービィたち。大迷宮では、思わぬ出会いが待っていて……!?

星のカービィ
くらやみ森で大さわぎ!の巻

作／高瀬美恵
絵／苅野タウ・ぽと

幻のフルーツを食べるため、危険なウワサのある「くらやみ森」へと向かうカービィたち一行。だけど、デデデ大王もあやしい3人組といっしょに幻のフルーツを狙っていて…!? コピー能力をつかって、カービィが大活躍!!

星のカービィ
ロボボプラネットの大冒険!

作／高瀬美恵
絵／苅野タウ・ぽと

平和なポップスターにとつぜん巨大な球体があらわれ、星中をキカイにかえてしまった! カービィは、ポップスターを元に戻すため、ワドルディといっしょに冒険に出かけることに！ ゲーム最新作が小説になって登場!!

星のカービィ
大盗賊ドロッチェ団あらわる!の巻

作／高瀬美恵
絵／苅野タウ・ぽと

カービィは、古びた神殿の中で大きな卵を見つける。ケガをして卵の面倒を見られない親鳥にかわって、卵を守ることになったカービィやデデデ大王たち。そんななか、大盗賊ドロッチェ団が卵を盗もうとやってきて……!?

逆転裁判
逆転空港

作／高瀬美恵　カバー絵／カプコン　挿絵／菊野郎

「成歩堂なんでも事務所」の若き熱血弁護士・王泥喜法介が逮捕された!?　しかも、容疑は有力政治家の殺害!?　圧倒的に不利な状況の中で、弁護士の成歩堂龍一は、部下である王泥喜の無罪を証明すべく法廷に立つ!!

星のカービィ
メタナイトとあやつり姫

作／高瀬美恵
絵／苅野タウ・ぽと

ケーキ作りで有名なシフォン星のお姫様が行方不明になった!!　メタナイトは、カービィ、デデデ大王たちとともにシフォン星へと向かう。そこでは意外な展開が待ち受けていて……!?　今回は、メタナイトが主人公の特別編!!

牧場物語
3つの里の大好きななかま

作／高瀬美恵　絵／上倉エク
監修／はしもとよしふみ(マーベラス)

新米の牧場主、ナナミのもとに届いた手紙。そこには、ナナミの牧場で家族みんなをもてなしてくれ、という父親からの「課題」が…。ナナミは3つの里のなかまと力を合わせ、課題に立ち向かう!　大人気ゲームの小説化!

星のカービィ
メタナイトと銀河最強の戦士

作／高瀬美恵
絵／苅野タウ・ぽと

だれにも何もいわずにメタナイトがいなくなった。そこでカービィたちはポップスターを出て、さがしに行くことに!!　メタナイトは、銀河最強の戦士・ギャラクティックナイトをなぜか復活させようとしていて……!?

ぷよぷよ
アミティとふしぎなタマゴ

作／芳野詩子
絵／こめ苺

プリンプタウンのふしぎな森で、謎のタマゴをみつけたアミティ。突然、タマゴが割れ、中からキュートな生き物が飛び出してきて!?「ぷよぷよ」シリーズの人気キャラクターたちが登場する完全新作ストーリーだよ!

逆転裁判
逆転アイドル

作／高瀬美恵　カバー絵／カプコン　挿絵／菊野郎

弁護士の成歩堂が訪れたショッピングモールで事件が発生!　アイドル・百ヶ谷スモモが殺人の容疑者として逮捕されてしまう。成歩堂は彼女の弁護人となり、法廷で彼女の無実を証明することに!　人気ゲームの小説化!!

角川つばさ文庫発刊のことば

角川グループでは『セーラー服と機関銃』(81)、『時をかける少女』(83・06)、『ぼくらの七日間戦争』(88)、『リング』(98)、『ブレイブ・ストーリー』(06)、『バッテリー』(07)、『DIVE!!』(08)など、角川文庫と映像とのメディアミックスによって、「読書の楽しみ」を提供してきました。

角川文庫創刊60周年を期に、十代の読書体験を調べてみたところ、角川グループの発行するさまざまなジャンルの文庫が、小・中学校でたくさん読まれていることを知りました。

そこで、文庫を読む前のさらに若いみなさんに、スポーツやマンガやゲームと同じように「本を読むこと」を体験してもらいたいと「角川つばさ文庫」をつくりました。

読書は自転車と同じように、最初は少しの練習が必要です。しかし、読んでいく楽しさを知れば、どんな遠くの世界にも自分の速度で出かけることができます。それは、想像力という「つばさ」を手に入れたことにほかなりません。

「角川つばさ文庫」では、読者のみなさんといっしょに成長していける、新しい物語、新しいノンフィクション、角川グループのベストセラー、ライトノベル、ファンタジー、クラシックスなど、はば広いジャンルの物語に出会える「場」を、みなさんとつくっていきたいと考えています。

読んだ人の数だけ生まれる豊かな物語の世界。そこで体験する喜びや悲しみ、くやしさや恐ろしさは、本の世界の出来事ではありますが、みなさんの心を確実にゆさぶり、やがて知となり実となる「種」を残してくれるでしょう。

かつての角川文庫の読者がそうであったように、「角川つばさ文庫」の読者のみなさんが、その「種」から「21世紀のエンタテインメント」をつくっていってくれたなら、こんなにうれしいことはありません。

物語の世界を自分の「つばさ」で自由自在に飛び、自分で未来をきりひらいていってください。

ひらけば、どこへでも。——角川つばさ文庫の願いです。

角川つばさ文庫編集部